诗境与秘境

《诗刊》社————主编

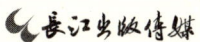

长江出版传媒 | 长江文艺出版社

图书在版编目（CIP）数据

诗境与秘境：《诗刊》陈子昂年度诗歌奖采风作品
集 / 《诗刊》社主编. --武汉：长江文艺出版社，
2022.10
ISBN 978-7-5702-2739-6

Ⅰ. ①诗… Ⅱ. ①诗… Ⅲ. ①诗集－中国－当代
Ⅳ. ①I227

中国版本图书馆 CIP 数据核字(2022)第 068541 号

责任编辑：胡 璇 石 忆 责任校对：毛季慧
封面设计：源画设计 责任印制：邱 莉 王光兴

出版 长江出版传媒 长江文艺出版社
地址：武汉市雄楚大街 268 号 邮编：430070
发行：长江文艺出版社
http://www.cjlap.com
印刷：湖北新华印务有限公司

开本：880 毫米×1230 毫米 1/32 印张：7.25 插页：4 页
版次：2022 年 10 月第 1 版 2022 年 10 月第 1 次印刷
行数：3978 行

定价：58.00 元

诗境与秘境

——《诗刊》陈子昂年度诗歌奖采风作品集

《诗刊》社 编

前言：致敬子昂，抒写遂宁新诗篇

《诗境与秘境——〈诗刊〉陈子昂年度诗歌奖采风作品集》分为"大美遂宁""致敬子昂""古韵悠长"三个专辑，既有赞美遂宁山水秘境的佳作，也有致敬一代"风骨"陈子昂的颂歌，更有守正创新、诗赋美丽家乡的诗词。这些诗歌作者中包含陈子昂年度诗歌奖获奖诗人，也有鲁迅文学奖获得者、当地诗歌写作的翘楚，他们诗歌中的遂宁是富于诗意的，他们的作品是对遂宁这些年砥砺奋进、民生殷实的高质量发展的礼赞。

遂宁，这里的山水孕育了"开一代诗风"的陈子昂，在中国诗歌的历史中，属于独特的文化高地；从古至今，遂宁文脉传承千年，英才俊杰层出不穷，文人墨客灿若群星，诗意经久不衰，是人们心中神圣的诗歌殿堂，更是诗歌和远方的文化旅游圣地。

公元 661 年，"初唐四杰"之一、初唐诗文革新的重要代表作家陈子昂出生在射洪。他年仅 41 岁的短暂一生，于文学发展如同流星般璀璨辉煌。他的诗歌语言质朴、刚健，一扫齐梁宫体诗的靡靡之音，承接汉魏文人风骨，开启了大唐一代诗风，给诗歌注入了新的活力。他对"风骨"的追求，他提出的诗美理想，不仅影响了盛唐一代诗人，更对千年以来的中国文坛产生了深远的影响，他被誉为"海内文宗"。他的《登幽州台歌》："前不见古人，后不见来者，念天地之悠悠，独怆然而涕下。"被后人视为惊天地、泣鬼神的佳作。

2016年起，《诗刊》年度诗歌奖就以唐代著名诗人陈子昂命名；2020年，《诗刊》社又与遂宁射洪市启动2020年—2024年陈子昂年度诗歌奖的合作。陈子昂年度诗歌奖将进一步挖掘子昂文化、地域优秀文化遗产，继承弘扬博大精深的中华文明，为新时代诗歌创新提供重要源泉，推进新时代诗歌事业的繁荣发展。

"'大鹏一日同风起，扶摇直上九万里。'这是伟大诗人李白青年时期仗剑远游时写下的诗句，那时他感受着盛唐的蓬勃气象，胸中鼓荡着凌云壮志。"这本书的出版，跨越时空，呼应了陈子昂、李白时代的盛唐，抒写了当下遂宁社会繁荣发展、人民生活幸福的新时代华章。

"当代中国，江山壮丽，人民豪迈，前程远大"，遂宁在实现中国特色社会主义的伟大实践进程中，坚定以习近平新时代中国特色社会主义思想为指导，践行新发展理念，取得了各项事业的瞩目成就。站在新时代新征程的道路上，时代呼吁诗人，要求扎根人民，坚持以人民为中心的创作，让诗歌主动作为地肩负起历史使命担当，为时代立传，为人民服务，为新时代遂宁经济社会的繁荣发展奉献力量！

目录

第二辑 致敬子昂

第一辑

大美遂宁

在这片土地上

万世长

有山，就有一条条通往山顶的路
有水，有观音湖风景区
有一条涪江就会遇上另一条琼江
有夏商的风吹着，高楼就一座座生长起来了

生长在这片土地上，耳朵里养着鸟鸣
生长在这片肥沃的土地上，耳朵里养着整座森林的鸟鸣

此去有梓江，柑橘引领着经济的浪潮前行
此去有汉时期的古楼，道路宽阔
仰望，天是金顶，仰望，油桐是另一座金顶
而那迎面走来的春风，绸缎一样
系住了遂宁的今生

不用去河谷打听，真的不用去河谷打听
遂宁，有蜜蜂传信，青草铺开了
斗城是你的名字，唱一声，杜鹃回应一声
再唱，就会引来一群杜鹃

唱到桂花都盛开了，那就热一壶桂花酒吧
坐在江水歌唱的地方，或者，去青山河下游定居
建一座古意的庭院，面朝湿地公园
无论谁路过，门总是敞开的

遂宁：佛境、诗境以及巴蜀文化的秘境

王维霞

1

我如昨夜的倾诉者
手持一面铜镜，向左照见巴山
向右照见蜀水，那些雨点状的疑惑在巴山蜀水间
与涪江促膝长谈

从一本线装书的破损处谈到搬进灯火体内居住的天空
从一枚莲子谈到宋瓷、古镇、沧浪之水
从裸子植物谈到壁画，从死海谈到读书台
从沉睡谈到苏醒

2

荷花又开了。我试图接近一片花瓣
是为了从无边的清风里认取形与神打开的道路

屋檐上，青苔跟尘世一样葱郁
我又何必说透灵泉寺和广德寺旺盛的香火

一天天拔节的不仅是仁心、慧心和佛心
还有三姐妹扎根在人群的修行

在遂宁，霓虹也有九色九花。我是说形而上的南海
在公交车轮碾过的每一条城市道路上繁衍露珠
露珠一样的佛语，从来不在高处

3

露珠跟雨点一样都是水做的
但我不能将它们归于江水的谱系，我更愿意许给
日夜守护着遂宁的涪江，醒着的朋友

在读书台上，冷雨般的夜
沿着漏风的朝代泼洒成一句吟哦
隔着湮灭，隔着时间的文火
一个诗人越来越瘦，诗歌的脊背越来越直

在读书台上，每一块石头都是一颗丹心

每一株草木都是性甘微苦的诗句

我也时常在暗夜里敲打冷雨。此时，我的袖口上长满江风

挥一挥手，时光的脉络上又绿了几行诗句

以及涪江两岸的麦田

4

它们都领养过波涛上的月亮，雁鸣被它们放牧成民谣

它们是名词也是动词，那些不认识时间的精灵

通常不言不语。在遂宁，我很容易在它们的沉默中

迷途变成一束奔跑的光，无论跑进哥窑抑或是定窑

不管是荷叶盖罐还是青白梅瓶，我都不能跑出巴山蜀水的心跳

宋版的荣辱已随帝王和马蹄轻成天边的云

在奔跑中，窑火烧制着一幅画卷也烧制着一口气

我放慢脚步，是因为注意到瓷器上山水返青

我要在明月入怀、清风拂面的今日

把遂宁的厚重与灵性指与陈子昂、王灼、黄峨、张问陶

5

时光可以用来回溯，也可以用来走走停停

一块石头能藏下亿万年的痛

在时光的甬道上，遂宁从来就身带结晶的盐和阳光

郪国、郪人像神秘的符号

走过春秋，融入春秋

当一方水土，同时盛产着盐和阳光

它的细腻中也定有豪迈

它的柔软中也定有硬度

比如，一棵树在泥土中走成石头

比如泥土掩埋星霜，再次打开

星霜成为一粒时光的盐，盐拐入死海的温情

6

这方水土杜少陵已走过，天地悠悠

诗人的行走并未改变姿势。今时今日，春风散淡

一如诗人的脚步，散落于遂宁的山水间

草木欣然，突然觉得千年已是一日

当一片草叶挂着隔夜的露水

露水捧着又一个黎明的太阳，远处和更远处的影子

都是涪江淘洗的岁月，只等我来

在成渝的心跳上，与杜少陵谈谈左边的巴山、右边的蜀水

7

我要交出一粒盐，一轮柳梢上的月亮

和一个旧年的窗口，我要从斗城的谷仓中取一粒粮食

给山水凹凸，给尘世起伏

我不向来者和去者打听

自古漫来的烟尘中谁用战火和马蹄喂养朝服

我把粮食和星辰

种进佛语，种进诗行，种进巴蜀文化的秘境

风声起笔，我拐入万象以及万物

带领我走出风声的正是遂宁

遂宁诗札

王超

1. 遂宁，或时光，或花语

成渝腹地，这是谁制造的甜美记忆？
他们向盆地的中心走去，携带春心，如蜜饯
如果脯，脱去坚硬的外壳，在时间的
沙漏里，风干又浸润，一次又一次——

仿佛从未离开——
大地或成都平原之上，涪江的腰身
被春风缠绕一匝，又一匝，蔓延出鲜花如火
如荼，无论是桃子的春心，还是梅朵的寒冬
都不能完全道出你的美丽，包括遂宁自己

"镜湖三百里，菡萏发荷花"——
一座城，以花为荣，用风洗濯一切世俗的羁绊
洗濯一颗心，是怎样惊讶于一片芬芳
用梦编织的一座现代生态花园城市，在遂宁

如一架精美的钢琴或一只花篮，横陈于百花之上

遂宁四时花开，矫正时间的针
仿若重新走进麦田，或稻花的迷茫里
凿下一片月光修行，如流浪的诗句，漫溢花香
在五千三百二十五平方公里的宣纸上，描摹一卷
丹青渲染的长卷，山水之间，那一朵朵爱的花朵
与城市的光芒——

2. 在斗城与陈子昂虚设一场对酌

斗城还是那座城，跟你在时一样
安暖或清凉，不见时光黯淡，不见刀光剑影
马蹄已然散轶多年，岁月苍凉如酒
我愿与你，虚设一场对酌——

在梦里，或在一个黄昏，那时
风花尚好，百无聊赖之外，怎样编织一个
王朝的饥馑或繁荣，怪只怪，那时的
庙堂之高，江湖之远，怎奈何你高蹈的步履
无法丈量红尘的深，或浅——

或忧国忧民，或仗剑天涯，或建一座

城池，锁住春秋，边关的城垣经年颓丧

再多的布局与谋篇，都无法阻止一个王朝的荒诞

且饮这一杯酒，"离堂思琴瑟，别路绕山川"

天下没有不散的筵席——

先生，你闪光的身躯，像一株萤火

也像极了一株星星草，蔓延整个田垄与月光

鲜花如亡灵，不知是祭奠春深还是料峭的寒冬？

不知这杯酒举起，是该先敬你，还是敬天地

或神明，先生，请一饮这杯薄酒，我像你追随

大唐一样，追随着你的脚步——

为什么每个诗人都对斗城情有独钟？

因为你的存在，这座城早已名冠天下

早已不是当年的模样：车马荒芜，桃花易冷

而如今，青山绿水复归眄睐，斗城需用一首诗的温度

温暖整个沧桑，或"前不见古人"，或"后不见来者"——

先生，就此搁笔，不若重新走走今天的

斗城："东川巨邑""川中重镇"或"文贤之邦"——

重新看看那些花儿或那架古琴，弹奏怎样的清音

先生，请饮下这最后一杯酒，为所有属于诗歌的

伟大灵魂，因为，这里依然是歌诗的国度，或
梦中的家园——

3. 漫游龙凤古镇

遂宁船山，龙凤这片土地下沉睡的古老
文明，又再一次复活——
踏涪江而上，西望，龙凤古镇那关于龙凤的良缘
仅仅是沧海的一颗珠贝，为了心灵的修持
要一方净土，把尘世的心愿洗濯

古西汉妙庄王城的风，从地心吹来
斑驳的青铜发出铮铮之音，拓写千年往事
那是谁立起的鼎？万马奔腾的哒哒跫音已消散
兴宁古都仍在，它提醒来此的每个人，莫失莫忘
那最初的辉煌与荣耀——

沿街慢溯，龙凤古镇高举着古色古香的建筑
与牌匾，像一枚枚词牌，篆写一份千古幽幽的雅致
门楣、窗棂的图案清晰可见，仿佛我能看到
它们草木青葱的时代，看到龙凤古镇就是一只
火红的凤凰，涪江如龙，蜿蜒东流——

龙凤场镇，龙头向北，游龙戏凤，那两株
高大的皂角树如龙的犄角，指向晴空
我能感到它强大的磁场，一个承载着魔幻的容器
黄桷树下，凤凰泉水汩汩流淌，流向未知的流年
或往事——

抵达龙凤古镇，就是抵达一首诗的内部
抵达一种情怀或乡愁，你看啊！古镇遍地
生长古老隐喻，月影酒坊，观音应身墙，席氏庄园
一座龙凤历史文化博物馆，就把四方商贾、佛教往来
观音文化与民俗文化和盘托出，落款里人头攒动
化为一册行走的画图，从古，走到今——

4. 宋瓷，一阕生命的火焰烧制而成的诗

在宋瓷博物馆，我不得不惊叹于这些缛文
与浩繁，不得不惊叹于这瓷光宝气散发的
瑰丽色彩，不得不惊叹于一种盛大
这摄人心魄的美——

它占地十二亩，建筑面积五千平，大大小小
四个展厅，它们已经盛开了千年，从不褪色

整个博物馆的瓷器，仿佛别样地存在着
仿佛旧时光的花园或色泽，流淌在固定的时空
这容器之内的容器——

每一件瓷器，都燃烧了千年，如火焰
烧制五彩斑斓的技艺与匠心，它们也飞越了千年
像鲜活的瑞兽或灵鸟，一只比一只珍贵神奇——

火焰永不消失，这来自泥土的芬芳或光芒
来自思想的花儿，宋瓷，龙泉瓷，景德镇清白瓷
窖白瓷，窖青瓷，窖黑瓷，龙泉青瓷荷叶盖罐
龙耳簋式炉，景德镇青白瓷梅瓶，每一件瓷
如唐诗宋词，篆写千古悠悠的雅韵——

时光是最好的釉色，让肉身兼具瓷器的光泽
在宋瓷博物馆里，适合审美，适合停顿，适合沉淀
适合用瓷的语言写一首火焰般的诗，淬火且熔铸一种
风格、鉴赏、哲思或美德——

5. 拜谒灵泉寺

涪江相望，灵泉山上，寺庙

依山而造，芳草依然萋萋，凿开时间
的纵深，剥除山水裹挟的密语
灵泉寺加持一阕云雾缭绕，钟声跌宕——

苍松古柏，绿树成荫，山花烂漫
沿着曲径通幽，或石头耸峙的方向，灵泉寺
隐现在金光照壁上，如袈裟裹住龙的脊梁
山为根脉，寺以山名——

山水之灵，灵泉寺绝顶有泉
"灵泉"绀碧，不溢不润，似慧律法雨
洗濯心神，饮一瓢，甘之如饴，身心澄澈
明静，如沐佛禅——

拜谒灵泉寺，入每一座庙宇梵宫
拜谒每一尊观音菩萨或佛陀，拜谒天地山泽
所有的风物，包括一草一木、一颗小小的石头
再拜谒一下平凡的自己，祈求佛祖护佑

全将忧虑抛掷脑后，心诚则灵——
拜谒灵泉寺，点燃一炷不灭的香火，敲响
覆釜大钟，仿若打开内心一卷经书，被翻阅
被检视，又被时间的木鱼敲醒——

6. 遂宁，正铺陈一缎崭新的锦绣

抵达遂宁，或永远无法抵达它的神秘部分
釬刻如唐诗宋词的光辉，陈子昂，王灼
黄娥，张鹏翮，张问陶——
那些圣哲先贤踏过的足迹，正用另一种姿态
铺陈宜古宜新的丝绸或锦绣

动车穿行于旷野，从未有过的速度与光影
车如流水马如龙，野花如小小的火炬
城市的骨骼不断生长，广厦与万家灯火筑成
的幻梦，新时代的遂宁，如一株瑰丽的仙葩
矗立在茫茫大地之上——

成都平原上，成渝间最重要的节点
在遂宁，春风挽了一个大大的结，是节日或祝福
是一段光辉的历程，传统产业不断升级
新兴产业如雨后春笋，节节攀升，蔚然成林
成为绿色的崛起或织锦的幻梦——

阅读遂宁发出的邀请，这一刻你我的心中
升腾起一股暖流，绿水青山环绕一座城

遂宁蹄疾步稳，吐纳如莲的清芬，草木皆怀悲悯

万物和谐阔阔，要用阳光雨露，用勤劳的智慧与

汗水，践跻更加恢宏的图景——

遂宁读莲

邓太忠

烟雨磨利了光阴
多浅，多深
你一头躲进水的心情
半睡半醒

轻风弹奏叶脊的弦音
起舞的红蜻蜓
没有点水
却起了花心

读不懂涟漪
根穿过一汪梦境
一丝粉红的轻盈
数子临门

遂宁四章

北周逸

1. 宋瓷博物馆

这些藏于天地间的

诸多器物、神品

带着清淡闲逸的书卷气

从金鱼村里醒来

小口，短颈，溜肩

梅子青釉，柔和淡雅

温润如春水

荷叶盖罐，八卦兽足炉

如玉，如镜，如纸，如磬

在香气缭绕里，静默成景

蟹爪冰裂纹，透出伤痕式美感

等待某个词人登楼远眺

看雨过天青色

芙蓉花底睡鸳鸯

沙洲上，芦苇繁茂

远处的大雁，振翅飞过

这八百年前的一屏风景

只为点饰你含蓄的釉色

点饰一个王朝的温厚与优雅

富庶与从容

放下所有忙碌

在《清明上河图》里

把自己，活成一件宋瓷

细嚼生活，吟赏烟霞

2. 陈子昂读书台

山贵重而华美

千年以后，我登上拾遗亭

读一个人的风骨

从击剑任侠到公济天下

你完成了一个高难度的动作

独开古雅，高蹈于大唐

一首诗，拉开了盛唐气象的序幕

涪江滚滚，水烟浩渺
你苍凉的声音如洪钟巨响
穿透长安的城墙，震古烁今
后来者的膜拜，让你
无愧于麟凤，无愧于雄才

早生几百年
阮籍也会对你青眼有加
邀你去啸台，咏怀高歌
消解你的苍茫落寞

与春草秋木在河边感遇
与家国忠义在庙堂感遇
在蔚兰洞天里的
人间第一山下
你遗世独立
胸中自有万古

3. 灵泉寺

在灵泉寺外听蝉，听着听着

我就忘了那一帘心事

谁的那杯酒，还卧在烟霞之中

于是我步着苏子的后尘

步着山谷道人、林文忠公的后尘

从一侧幽静，走近庄严

香林德水，殿宇重廊

小花开满青瓦屋顶

有人来许愿，有人来还愿

梵音亭的古井，也会说法

终年滴滴答答

和着馨声、经偈声

山林风涛声、鸟鸣声

或许那个笑容可掬

白发苍苍的老太太

就是观世音菩萨

或许那个给你指路的人

更直接地说，或许你

就是观世音菩萨

你的慈悲，你的喜舍

终将度众生为龙象

当我走出山门

突然间听到，那一曲蝉声

如一声狮子吼，顿时

响彻尘世烟火

消尽了我一生的烦扰

4. 七彩明珠

从鸡头寺到白鹭洲

七颗明珠，闪耀七重彩

一首诗安居于眉园叠翠

把每一个字词，搁在花坞

等待露水，来打湿我

沉睡多年的乡愁

虎头帽，蒲团，佛枕

一个个观音绣，将福寿安康

勾勒得熠熠生辉

鼠尾草和马兰花摇曳着

花海的万种风情

白鹭晚归，恍然惊散了

一池碧水的点点星梦

到黄峨古镇上走一趟
你就回到了明朝
客栈，茶楼，商贩云集
古戏台的一曲长腔
掺合了巴蜀的辣味与柔劲
直冲云天
来一碗凉粉凉面
看挑担游走的货郎
穿梭于牌楼下的熙熙攘攘

春水初生，桃园微醉
城市的脸上也开始泛起红晕
在遂宁，我终于知道
这是一个养心的人间胜境
春风十里都不如你

遂宁写意

史艳君

走近你，但不能呼唤你的名字

怕这唐突

惊扰你一千多年的安宁

得趁着月色，顺着一部古老的辞典，悄悄潜回

夏周——一只雏鸟

正衔着巴蜀的云，翻飞在大秦的册页

那时，东晋的雨下得好大

风吹着成汉国的屋檐

低低地呜咽

雨雾弥漫。硝烟弥漫。嘚嘚的马蹄

涉江归来

我一一辨认那马背上

风和日丽的郡、州，歌舞升平的府、专署

再到山清水秀的县、市的治所。一座花园

打开巨大的古蜀国

在梵音袅袅的"东川巨邑"

缓缓升起

若从一朵荷花或一株黄桷树亲近你

是一种冒犯与亵渎

得顺着长江，逆流而上

从你辽阔浩大的故事回溯

经历激流、险滩和绕不过去的情节

抵达涪江，邂逅你——

一个闪光的节点，仿佛蕊，浓缩在一首

择水而居的绝句……才够庄严，够般配

才能剔除轻浮

才符合你动荡的一生啊遂宁

如何才能拥抱到你

千年紫薇，人工巨榕

抬头参天银杏，俯首万亩红叶

秋水长天，落霞孤鹜……

在大写意的红海畔，我竟不知道从何入手

对一座水中之城，工笔细描

观音笑而不语，只在湖面上

留下一串串翠绿的

谚语。在遂宁

每一曲戏，都是浓浓淡淡的生活

每个善良的人

都是生活里的观音

一只白鹭在传说中优雅转身，再相见时

已是某个河心岛上的

一首歌谣……

我愿意。我爱。我来了……

在《感遇》中感遇你俊朗的诗骨

金华山上，读书台犹在

曾经呼啸的朝代，已随大江东去

和涪江一起，我在春夏射洪的独坐山下

拜谒过你的陵墓

陈艾绕膝，香樟恭立，红梅吐艳……伯玉

又是一年兰若时

依稀的香气，如你的质地

那一面碑石再硬，也硬不过你的骨头

我在岁月剥落的碑文里

深陷

循一径文脉

重登你的幽州台——天地悠悠

前不见古人

而我是迟到的后来者

附身掬一捧江水，除了浮光掠影，已找不见

你怆然而下的涕泪

仰望长空，哪一只啼血的杜鹃

是旧时相识

我问过死海，它说你还活着——

以高山，以古柏，以庙宇，以古塔，以善水，以灵魂的诗……

"终古立忠义"。伯玉

那横贯斗城的涪江

可是你辉煌昔日的写照，"横制颓波，天下翕然质文一变"

大地上奔流的琼江、梓江、青岗河、蓬溪河……莫不是

你锦绣文章的遗篇

就让我在六百六十公里长的涪江上

选择其中的这一段

我愿意在中国，四川，遂宁，你的花园

放养我锈蚀的心，在子昂故里

为一首诗

一遍又一遍地耽留

遂宁辞

白瀚水

1

泉水。白云。松林

饮酒微醺，万物都是人间

我凝视着雪后的寂光寺

如同隔着星光

凝望未知的宇宙。人生终有许多不足

岁月深一些，尘埃浅一些

泥土更浅。雨鞋踩在湿润的山路

一天。一夜。仿佛很久，又仿佛只是瞬间

2

龙泉驿被信中的词语

拉近眼底。银色的雁群划过苍穹

留下美好的弧线

黄宾虹在一幅画上题字：

蓬溪道中，林泉清绝。一盏灯在尘世

照亮我

白玉为霜。池水微安

我想起母亲

那时候她还年轻，坐在院子里择菜

白鸭在她身旁摇晃

"做人要有志向，有原则，求真知"

她一面说着一面把豆角

掰开，扔进盆中

3

仿佛有许多秘密在水波里荡漾

古寺毁了又建，人间事淡了又浓

钟鼓磬鸣。微风把一段段旧事写在宣纸上

而我借来红颜知己

放风筝。演皮影。缠千金丝

冬日依旧是冬日，由着落叶轻轻扫过

浮生如苍耳

4

黎明的微光照亮遂宁

溪水与柏树

像是一对结伴同行的少年

身后是卧龙山，是一座古镇连着

另一座古镇。桃花始于年轮，木质的曲折

而生活始于信仰

"比如半天妖。饮下它，也饮下了

它的岁月。或者也包括我的。"

茶姑娘一边温水、烫杯，一边与我说昨日

路过海琪广场，细碎的雪片落在楼顶

把光阴叠成纸船

5

浣衣妇捶打着流年

反复推敲过的语言中仍有一些细小

却扎人的声音

白木为我准备了三杯茶

他说佛诞日，应有清水追赶鸟鸣

他说第一杯茶需在黄昏时

一饮而尽

简单而辽阔的宁静在身体里

拨动时间的指针

我想象着一片莲叶，天地，观音踏水来

赤城湖（外一首）

吕历

把一条小河拦腰轧断
把一片蓝天嵌在地上
湖，就成了

湖，毗邻赤城，就叫赤城湖
这是老家一九七六年的一件大事
这年十月，家乡的雨水
终于得到了集中安置

躺在赤城背后，垂钓云朵
请来往的风把钓起的波浪
带进城里，带到途经的村庄
细细咀嚼，慢慢咽下
这样，闭上眼睛，就能听见海的声音
风的问候，以及坐化成湖时
千军万马的喘息，千家万户的渴望

流年飞逝。如今的赤城湖

已然是一幅绝美的山水画
满湖烟云，是淡淡的笔墨
纷飞的水鸟是最灵动的线条

钟鼓楼

原来时辰是需要提醒的
钟声大概就是这个意思

原来历史是需要记忆的
鼓声大概就是这个意思

或许是经历了太多的烽火狼烟
才有钟鼓之必要
或许是有太多的惨痛反复发作
才有警钟之必要
才有撞钟司鼓之必要

现在，只有鼓吹，没有鼓声了
钟声几近聋哑，甚嚣尘上
本来一座古老的钟楼
立在海拔最低的山上

干着海拔最高的事情
却被海拔更低的人连根拔掉
开成了楼盘

原来精神是需要修复的
复建钟鼓楼
大概就是这个意思

幸福地说出遂宁的生活（组诗）

庄海君

遇见遂宁

当一场秋雨被埋成一些时光
另一场雨即将到来
我手中的事物蓝得透明
你没有说话，也不回头
走向雨中，我们相遇过
从理解一条河流而沉默
走吧，去我们遇见的地方
种一片树林，画一匹马
这些都还不够证明
你曾来过这里，我需要
在身上，再添一把土

在遂宁这片土地上

低于阳光，低于一场雨

再低一些，是河流产下的日子

所有的心跳都被风吹轻

贴近土里的呼吸，翻出往事

我们选择黄昏回乡

带着温暖的表情，每次回首

都能认出前世的你

一个人与一群人

一条路与一村的炊烟

一只归巢的鸟与一个秋天

我们在那些渐渐远去的身影里

再次回首，轻轻地说出

说出名字，说出方言

遂宁人的姓氏

在树下，捧起风声回家

此时，树叶已落一地

在村口，聊起即将要去的远方

此时，月光拐个弯就老了

我们还有很多事物要想象

比如苍茫的天空没有了白云

可以飞得更远

比如扫地的小草，可以长得更高
我们也有许多想法要形容
但我们不能说出名字

行走的遂宁人

阳光照在窗上，试图穿过玻璃
向我们展示新的姿态
每一次尝试都有生命在滑落
得到新生，与爱的光亮
一次次地获得神一般的光荣
我们在感动的同时，陷入了冰冷
那些无法提出的疑问，不容假设
不容被否定，依然是火焰的欲望
多少个昼夜的奔波，亦难敌寂静
我们从未忽略手中脉线的流动
却一直被某些事物呼唤着
每一次，我们都能说出命运

幸福地说出遂宁的生活

每一天，都会有新的记忆走过来

这让我有勇气说出每一句话

阳光下的影子躺在马路上

拐角处的秘密被风声窃取

奔向远方的人已经退出

人们怀着大小不一的表情与眼神

我们总能擦身而过，开始说不出名字

到后来交换名字，时间在缩小

直到把每一天的往事磨亮

磨成记忆，找到了幸福

我很幸福，我能说出每一句生活

去遂宁

刘汀

不过是被一句玩笑牵引

我重去遂宁，带着解冻的春心

暗影中，涪江水在头顶流动

若吟唱，仿佛谁在说黏稠的梦话

两岸灯火侧耳细听，这梦话

翻译成浮夸的肉身语言，说的是

我来我去，我醉我醒，我哭我疼

是最后一块冰在静默地消融

为赴这无期之约，我在恍惚中高升

又在觥筹狼藉里下沉，沉到

把座中青衫误认成青山

夜宴散场，春风已慵懒至疲惫

初春时节的任何远行，其实都是去

一方高台。我懂了，最有名的诗句

也不过是祖先开的玩笑，那么便

孝顺地哈哈大笑好了，仿佛他们端坐

云中，身旁静置着，酒杯笔墨戒尺

没什么

值得一说，我只能假想着自己，早已

饮过酒，泼过墨，犯过三戒

河边场 (外一首)

安遏

以水为邻，到后坡的土地庙烧炷香
就是一次登高了
他们一生在低处行走
总是在寻找支点晾晒鞋子和思想
互相指责，讨论生活

再往上走，再往上走
他们有时会在一个酒杯的高度叫喊、流泪
团结得像兄弟，看见失散的兄弟

望五里

出小镇场口，就是水磨河，过高家桥
上左边小路，翻坡就是罗家湾了

这是一个古老的地名：望五里
在一条土公路的延长线上，移动着一个人影

那个人走得太慢了，慢得像我的祖辈，我的父母
在望五里走完一生，最后也是这样，缓慢地，渺小地

那个人走得真慢啊，慢得像我，永远在路上
移动一步，已是百年

慢得像春天的风，像久远的颂词和谎言
在大地吹拂

遂宁诗笺

苏欣然

1

在遂宁，就是在诗意的现场
于涪江的浩渺流泻乡愁。乡音不改，诗词从不生锈
让金华山成了生态样板，并以一支绿色的笔
写进流水与诗歌

在遂宁，就是跟紧一次焕然一新的潮动
水流出水的知音，我从金华山上摘取生动的字词
让子昂的读书台依然有琅琅书声
被群鸟带起来

从一片云雾，坠落在金华湖畔，于遐思中
生出了一株薇草的灵秀，浸染炫彩与华芳
古人在前，我在后，不惜沦为诗歌的囚徒

2

我写遂宁，荷花就是一个神圣高洁的代名词
这里那里，古韵挽着现代的锦绣
只有诗意的字词被豢养，让遂宁的江山在寄予里通透
让一粒远行的汉字，盘踞在唐诗中

荷，自然成为灵魂的修辞，自然把遂宁的清廉演绎
出口成章，是新时代造访的安居与幸福

我在荷花里找到被清郁托付的荷塘
找到观音打坐的莲座，也找到了绿色的生态
勾勒出诗画的核心
必然成为山水的风流与自得

3

我眺望遂宁，它被绿水青山包裹。我走进去
以一个民间诗人的身份，厌倦了孤鹜独飞
在遂宁的山水里，豪饮一江的青碧

半江诗歌，正好可以翻阅家国

我喊醒诗意的沉醉，以射洪成就一枚词牌
子昂成为诗画的封皮。立体的、现代的遂宁
凝结成一泓清溪，又被诗画的笔推开

九宫十八庙里的佛音，正浸满诗歌的眼睛
千年文养的锦绣，伸进大地的深处
在我眼前浮现人间桃源的境况
而涪江携着黄龙的圣洁，让诗词的点缀更加幽静

4

多少人看见遂宁，以清润飞起来的字词
抵达诗歌的嘴唇。鸟唱填词
一幅清丽的山水画卷轴
发掘出高峰与仰视

我不写高速高铁，也不写水运通达的诗歌身体
我只摘录子昂的诗句
以精神上的附属找到大美遂宁，美的磅礴与卷帙

多少人把遂宁看成诗歌的故乡，我也是
萦绕千古的精美，暗卧在今夕，以山水钟灵的慷慨
写下金华古镇、金华山，写下观音故里
在一张绿色空白的宣纸上，被诗画一点点填满

水泽慈悲，鲜花与瓜果，有了不可多得的甜蜜
正被激越的诗人分辨出来，水韵浩渺里的抖音
成为平息乡愁的入口

5

遂宁呀，我的乡愁在这里。以一款叫不上名字的瓷器
缀满滑落的感悟。锦绣出尘，大地安详，奔腾的涪江
在每一块石头上，刻上繁华两个字
现代的遂宁突兀在诗意的缭绕里
幸福的遂宁，在造句中
我们彼此拥有，成为爱的平衡术

遂宁呀，诗歌的骨架搭建山水的高度
让我躲在一根羽毛上，看见山水的深邃
子昂故里，山水的圣地
舍得，舍得，不舍在遂宁的一醉方休

诗歌的暗核缥缈而出，坐享其成

6

万物在遂宁都能找到依托与陪衬
我渴望的是，被这山水弹落的一粒旧尘
成为古韵清辉里的一个镜像
与山水结伴的恩情

诗画遂宁，在子昂故里遣词造句

苏美晴

1

走进遂宁，亦有古人，亦有来者，我是后面的
那个人。荷塘清郁，荷花修葺一条
普度慈善的甬道，安居被别在诗词的腰际
鸟飞兽隐，只有诗骨，挑起一个人的乡愁
成为诗词的遗址

我知道这里的青山绿水裹着密钥，子昂的读书台
成为梦想，陷入瞩目的目光
诗意的遂宁，就有了诗画的风度
显露两袖清风，清高与自得

我吟哦着子昂的诗句，但不悲怆，只是把金华山
当成一个山水的故乡。古树，古墙，古戏台
正好可以烹煮时光，山水湖堤，正好成为诗词的韵脚

但我还是喜欢在子昂的读书台坐一坐
好像这样就能浸满一色的诗词之光
就可以用来在遂宁美的磅礴里遣词造句
让千古时光，掷地有声，成为人文的素养

2

走进遂宁，我才发现，修辞不用研磨
信手拈来都是绝句。绿色的风潮冠名绿色的生态
正以大笔挥毫的架势，从群山中倾泻下来

一滴水成为绿色的标点，点读着金华湖凝眸成一只绿色的眼眸
黛青的山峦连着笔尖，领悟的波涛，被诗词牵引
有人从山上下来，裹着万亩果园的芳香
一点点浸透人间，以甘甜说出遂宁的隐喻

在这里，有一个情感的漩涡，培江泼墨
灵性的山水养育性灵的人
书法之乡的人们，解构了山水的命题
笔画着遂宁，以美的腰身为山水的广域剃度

鸟一叫，田埂上也有一款山水

鸟一叫，诗词也插上绿色的翅膀

3

在遂宁，我与子昂对坐，我们谈论《诗经》
内心的话语权都陷落于对山川的悲悯
滚滚江水，淹没了时间的嘈杂
绿色的字词轻咬，轻微的誓言
他说他的惆怅，我说我的欢喜
只是我们都以遂宁为基点，展示诗词的风度与幸福的前景

这里有观音，这里有荷花，这里有龙凤古镇
这里有千年的乡愁。这里有中华侏罗纪
穿越时光，沉积成被研考的风物
这里也有巴蜀的传奇，大刀阔斧的英雄梦
新的遂宁被展示

我舀一瓢培江的水，就是一杯好酒
古柏和榕树，为我遮荫
在暗影处，我知道遂宁正以"三横四纵"布局
南来北往的诗人正在聚集
望眼欲穿，都想与子昂在古诗里相遇

4

我挽着古典的水袖，却踱步在现代的舞台
我知道遂宁的古韵悠荡与现代霓虹挽臂
我知道意境深远，一泓清溪，洗不净万株笔
但我知道，我还是欠遂宁一次美的修辞

我可以以诗意的高蹈说出新时代的大美
我也可以在唐诗里解读遂宁，在气韵磅礴中，领悟山水的盛典
出口成章，或者依倚在"水陆空"立体的交织里
刻录遂宁的钟灵与毓秀

诗意的遂宁，以一幅画展露自己
以"变脸"的绝技，把锦绣翻阅
在"秀"里出韵，在"丽"里感觉日新
诗词的扁舟路过万重山，在此搁置
"九宫十八庙"，默诵山水的经
遂宁呀，诗词里散发着花香与鸟语，正款款走向一潭青碧

5

我在遂宁，身披一件诗词的外衣

与黛青色的山肩挨着肩。于子昂故里浸满荣耀
捕获五言绝句，被簇拥

我在遂宁就着诗词下酒，唐诗的风潮再一次被翻录
古城，古刹，古树，还有蝉鸣刻镀的谚语
瓜果飘香，浓郁的幸福与安居

我在遂宁，既有寂静又有壮举，康养时代的肺腑被扩充
山水是一款，诗词是一款，一条翠绿的脐带
连着诗词的故乡，以山水读出繁荣昌盛的祖国

在子昂的诗句里看得见它，在诗词之外也看得见
以诗词的水面，冲动造访的界面
天地间被诗意犁开，很是汹涌

遂宁呀，到处都是诗歌的眼睛
亦为子昂诗词里的敏锐，亦为山水里的深邃

天府之瓷

李云

把光收敛起来如储藏
水和谷子，酒和盐巴
收敛起额头的智慧高光

抚摸它就是亲近它
使用它就是膜拜它

如玉浸入湖水深处
纹饰生动、新鲜，一条小径上
动物跳跃之间，定格的动词
白云卷起松枝颤动的指尖
瓷壁里的胎声回响
碎了，才露出其另外个性
刀片一样锋利
正暗合水变成冰的哲理

天府古瓷，如水敛光
没有年轮和时间

忘了或者记得出窑之时
是何年何月
只是冷却的目语下
温热如血盘旋在巴山楚水
日出而暖，日落而凉

圣莲岛之忆

李元胜

一个诗人，一个住在语言的寺庙里的人
在湖边写诗
一支荷花箭刚好穿破水面

他和它有什么不同？
不过是各自提炼着毕生的淤泥

曾经的游历教会了他们提炼的技巧
忍耐的技巧
从破旧的身体进入晨光的技巧

荷花是否记得它的太空之旅
诗人必定不知当初曾如何上岸

清晨，两个茫然不知自己出处的物种
在湖边开花，满足于眼前的精彩时刻

上苍啊，在如此卑微的生命里
继续着千万年来的沙里淘金

遂宁，遂宁

李纹波

夜醒了我还睡着
回去的路上，金华山的钟声
捧着清晨送了一站又一站

夜睡了我还醒着
奔跑着的铁笼子身后
谁，还在拨弄桃花源的丝弦

赤城湖的影子，死海的火焰
还在我的唇上跳舞
而我独自醒于离别的列车
心，已斜向观音手心的玉颈瓶

终究，要被这座城遗忘
而我还奔跑在梦里
呼喊
一个曾经使我迷失的地名

在遂宁的途中

李其文

三月，遂宁田间的油菜花

将厚实的泥土一块块剥离

从村民口中得知的桃花，却在没有绿叶的

枝条上假象般绽开

对一个从海南岛来的人而言

认知差点被眼前的景象所颠覆

如同两地之间的温差

如同瓷器的温润和海水的咸腥

遂宁没有海，没有裸露于海岬边的礁石

海南岛没有金黄的油菜花

没有那个登上幽州台放声高歌之人

至于我，一个无法触及唐朝砖瓦

和诗歌温度的过客

却想把一个叫陈子昂的人

带到海南岛的大海边

将他置身于浩瀚的波涛之中

或是尽享万般侵蚀的海岬之上

临江雅集

李定军

拨开涪江疏密的枝丫，一弯江景悠悠

春风吹着江渚上油菜的黄花

吹醒内心深处一只蝴蝶

但薄雾下恐难穷尽流水的过往

今日小榭游廊，又一届诗友翔集

明远亭前谁家少年，唯有子昂读书郎

穿越书台摩崖的阳光

斜穿二十四小时搏动的心脏

瘦削如风的肩头

斜披日渐泛黄的皮囊

越过金华湖烟霞井的目光

追逐四十二年退缩不尽的远方

时光撕去一张张如雪的纸页

渡鸦爬上额角

心有如翻越水波的唱片

重复一种无为或有为的匆忙

风吹动岁月和颅骨外的头发哗哗作响

读书台，光影斑驳，泪怅然难下

在宋瓷博物馆

余真

时间的声音当然是有色彩的
我们说珠玉在侧，英雄在浪漫的边陲
时间的残酷实际上是一种推诿
谁不是既生又死，像这杯盘延伸的纹路

多少年以后，那个站在这里的人
将管中窥豹。对我说，历史。转头撩拨
这亘古孤傲的缺月。对我说，时间就是
树丛，就是你，就是不断平复的枯荣
像此刻，铺在地上的一堆落叶是我。在这
黑夜里被乌云遮挡着，这上空
多怜惜我的境遇。像此刻……我与时间撞了满怀
像两个杯盏里洒出的、无色有味的酒

红莲渡

余孟秋

圣莲岛的月亮

曾拴住过一匹马

江水茫茫，青峦起伏

开渡船的老人有沙哑的嗓音

我内心的方向盘也在哗啦哗啦

东晋不静，旧时光在沉默中迷失

沿着台阶走下去

再沿着自己走上来

雨后的灵泉山曼妙、慈悲

雀鸟幽啭，野鸭逆流

风越来越轻

每一朵浪花白鹭之翼

每一朵荷叶无语

圣莲岛的月亮

你红红的嘴唇

一定要拴住春天的雨

遂宁诗酒初相遇（外一首）

沈鱼

草木静卧深山，流水缓慢
涪江渔船夕照，我披星戴月赶往诗酒之乡
也只为
寂夜默诵那千古绝唱

天地依然悠悠，大悲之后，怆然泪下
身历万世，而古今一心
此身子昂活过，克幽活过，沈鱼活过
此心观音能懂，但观音不语
遇此身实属不易，一如
与射洪山水初相遇

再见或许需要许多年，或许不再见
但没关系，万般念想持续
广德寺锦鲤安静，灵泉寺红土沉稳
五百年后，诗酒依旧喜相逢

遂宁印象

向大地深处走，返乡的人顺从流水与天气的安排

雨水落入江河，杜鹃安坐枝头

花香缓慢而平静，天空爽朗而灿烂

热闹但不喧哗，繁华却不浮夸

不同于天真浪漫的少女

她的热情完全出于天性，她的美

朴素大方又略带委婉，她三十岁

沉稳干练却又时时绽放婴儿般温润的笑容

在莲里公园，行走着许多好人家的姑娘

爱情栈道浮于绿水，我的爱慕，可以持续七分钟，也可以

绵延七十年。浮萍与芡实，有的绿，有的枯，都很清白

你说你喜欢白天鹅，我却钟爱黑鸭子

真心就行，没必要为此争论，更何况

此时睡莲还在梦中

而芦苇顺从于寂寞与孤单的天性，自足于

天生地灭的圆满，美从来不止一种定义

世界五彩缤纷，而你

只为晨烟暮雨枯荣

子昂端坐在哪片云里？此时需要下一场春雨

来解释你的叹息，陈拾遗骑鹤远游，读书台香烟缭绕

祈福的人仍安居此地，求官求财求妻求子

人世纷扰，我只求父母健康妻女平安

玉虚阁外，也可以谈论风月，寄情烟霞，遥望山水

但一个读书人，把命借给一首诗

时间只还回来一行眼泪

也不悔来世今生

天降灵泉，地涌金莲，慈善与悲悯就是观音

看我们心生烦恼，又突然满心欢喜

悲喜交集都是人间美意

我用青釉弦纹樽饮酒，又拿莲瓣杯喝茶

南宋的鲤鱼游过晚明，又来和我对饮

此时我坐在圆觉桥上，蟾蜍趴在残损的石碑上

我们都是无名无姓的人物，相遇不必多言

广德弘福，玉印金身，我和一株枯柏讨论不朽的禅意

又与石龙、老龟默坐了片刻，同游者细听老法师讲经

我却未遇克幽与圆觉

和明朝的山墙野花合影之后，我独自返回山门

那一缕禅钟幽远淡漠，这一江灯景又浮光掠影

我还要往人世里认真地走

走过遂宁，走过射洪，走过花都
只收集沿途的友善、关怀、热爱与问候

诗意遂宁美的皈依

林丽

1

桃花几重天。到开阔地去。看涪江、琼江
梓江，巨浪滔天，喧嚣地流，婉转地流
把连绵不绝的春色，远道而来的喝彩
放逐。大美遂宁，美的源泉，涟漪趔趄的潇洒
是四川盆地，成渝节点城市
无数波涛汹涌深爱的集结

在川中，河流的走向微妙、浓烈
是一滴水的温柔，包容遂州的磅礴豪气
绿水青山，蓝天白云，自由的灵魂
紧随东川巨邑成长的城郭，南来北往的候鸟
生机勃勃，情趣盎然的花草树木，肝胆相照
葱郁着头顶的余晖，光阴荏苒的惊鸿一瞥

子昂故里充沛激荡的水，飞流直下摆出大江姿势

浩然天地，席卷古今。临水照影

沧桑巨变。大美遂宁绿色生态文明

与安居，一一确认过的眼神，痴迷于来路

历史的盐渍汗蒸经年的叙事，或抒情

纷纷指认豢养的乡愁岁月，奔跑，呼啸

深深地刺痛烟波浩渺，或诗酒之乡的芒晖

有浪遏之势，有绵柔之音的雄韬伟略

文贤之邦，观音之乡，诗意遂宁点亮的灯盏

长天浩荡，用禅语箴言，鹰隼目光

坐看云起时，笑看遂州山川世间百态

畅谈江湖烟雨，内心的悸动，引领一座城

发红，发烫，皈依永恒的晨钟暮鼓

2

一切都隐去了，一切却清晰如昨

远山追赶夕阳。回家的路，欲望辽阔

止水微澜。广袤的原野，风吹草动

一粒粒轻掠若梦的鸟鸣，唧啾呢喃

山水锦绣，生态康养的流行色，或暖色调

沉湎其中。旧时的云彩，缀饰时尚的苍穹

我站成一株如翡的风荷。以佛禅的态势

令浮躁隐遁。肋骨强劲，安然的旌麾

指引稻田花海，宋瓷遗址、龙凤故城复活的神话

吐息如兰。季节转换，万物生长……

蓬勃、欣荣的每一个修辞，都是利刃携带凤鸣

一条河从母爱的腹地出发。触及的感动

都有博采众长的神性，渴慕新雨。行旅遂宁

逶迤的奢侈，让我心生灵光，轻扬快乐

诗歌的泼墨挥毫，神来一笔，临摹跨越之门

子昂故里，金华山，观音湖，遂成脊梁

涅槃的硝烟，一滴泅渡的水色，根植的律动

风生水起。产业集聚区，现代农渔业示范区

特色旅游景观区，于是，有了更加唯美的形状

或风骨。乡村振兴，丰收的脉动，在涪江

似爱奔泻。渐次打开，心照不宣地运筹帷幄

3

放歌子昂故里。船山，安居，射洪，蓬溪

大英，赤城湖，跑马滩，桃花山……

鱼贯而出。逆水行舟，追寻旧时的繁华

到处都是丰硕的粮仓，和璀璨斑斓的舞台

韵致的方言，肃穆，隐忍，直至最后的图腾

智慧高地，智造新城，绿美新区，共享家园

诗意的遂宁慵懒伴随恍惚，敲击远山平原的耳膜

任凭影子的醉意，搀扶光阴的廊柱

谒祖寻根。给自己插上一双隐形的翅膀

哪怕颠沛流离，我们依然怀抱诗歌的光环

携带一颗清风明月之心，心无旁骛。惊叹

古镇新韵人文的力量。这些不可预见的遥远

与我们迢迢相望，对应一个人的乡愁

爱上相邻的一切，写下山高水长不朽的诗篇

写一首情诗给遂宁，倾听你身体里的玫瑰

和闪电。历史的倒影光怪陆离。坎坎伐檀

我们述说巴蜀文明背后的刀耕火种，学习感恩

匍匐的古色古香，让时间的花枝，分蘖

抽展，鲜嫩欲滴的城池和道路，茶马丝绸

巴渝风情，东川巨邑，川中重镇……

埋下的伏笔，拓展母亲河，换上新绿的衣袂

精诚所至金石为开，浮沉自如，囊中取物

依然神圣的笔走龙蛇和它远航的风帆

4

红色热土，旅游圣地，宜居宜业柔肠百转
神秘和向往，激扬文字。成渝之窗
智造新城，洞悉无数大刀阔斧，奔赴雄奇的
幸福图景。赶场的勇士，在黎明的岸边
抱紧大江的呼唤。跌宕起伏
在白鹭翔舞的地方，潮起潮落
改革春风在这里打开道道缺口。诗意遂宁
宽阔的背上住着风雨，住着源远流长的日子

精神饱满，我们在成熟中感到突破的气浪
建设富美城乡，社会主义现代化新遂宁
如火如荼。从涪江胸怀流出洁白无瑕的乳汁
喂养蜀地的蹒跚与未来。新时代新征程
梦想的舞台，子昂故里，大美遂宁，砥砺奋进
城区规划，贸易创新，产业转型升级
掘出异彩纷呈的电流，缔结瓷都的铿锵之韵
不忘初心，憧憬最美好的丰沛，滋润
点滴玲珑，点滴嫣然，点滴成景，点滴入诗进画

子昂故里的血脉总是热的。浸透历史的腹腔

青铜的回音，化解春风，又聚集春风
把沧海桑田、智造新城、绿美新区欢呼雀跃成
巴蜀文化，文贤之邦文化，耀眼的光芒

遂宁美的源泉，是川中无数波涛汹涌深爱的集结
比如，琼江、梓江、青岗河惊涛骇浪，每一声的响动
洋溢最纯粹的欣喜。膨胀的激情，欲望
脱胎换骨，在休闲山庄，观光农业、山水田园
观音湖、赤城湖、跑马滩、平安寨的视野里
蓓蕾初绽，根却深深地扎在涪江母亲的心脏
红色浸染的水道，暗合了子昂故里的辽阔与豁达
闪现一世的英名和伟岸，赞美，咏叹，认同

遂宁献诗

林隐君

我向春天走去，更深的春天在遂宁，用盆地迎我
风物们张开翅膀，飞向花丛，一半的蜜给出动力
像蓬溪书法，万千气象，以柔韧化文
一管管毫素，集束式挥向的，不是宣纸
而是每一寸山河，是山河的每一寸肌肤，饱蘸未来

一半的蜜留在事物的初恋里，为原浆，为春之引
高烧不退的九宗书院，从唐风里飞进又飞出
踮起脚尖望去，星宿们化为高高的峰峦
陈子昂风骨峥嵘，张问陶的船山，藏着道和心猿
张鹏翮的河坝，每一块浪花，都带出骨头铮铮作响

一座寺，善男信女认为：只要广栽香火，就能留德
旧人就有了新的灵魂，新人拥有了朝花夕拾的红利
一座山，雕文心，文心不朽；书韶华，韶华胜极
所有被"金华"过的记忆都高古，石子们包着浆
有的快要成为恒星，有的看到了自己闪亮的前程

一片区域，一片更比一片美，一片更比一片留人醉

那里的湿地如丝绸，守着我的方寸、生态和陈香静水

那里的死海是活的，生活从背后带来鲜活的幸福

那里的古镇有救苦救难的第一啼圣音，香客们踏心而至

蒙大士垂怜，让我驱除了他念，接受如玉良心的洗礼

当然还有"侏罗纪""红海"，它们的颜值古老而妖娆

所以一直在线、置顶，如果再假以时日，就是高配的地标

在遂宁，大部分人已被镜头迷失，比如一条江

冲破千山万壑，蓝得像春天，脊背发着光，姓"涪"

比如一座城，鸟鸣洗净容器，眼里是热烈的火

她弯腰，收集朝露，她飞翔，白云为冠

再比如一出《盛世霓裳》的川剧，血气譬如创造

唯美譬如承传，不曾辜负的技艺推陈而出新

长而不腐的时光，因人文而生香火，因香火而起朝圣之心

春天真是太深了，万物欢腾，决策者"山高人为峰"

勇立潮头的风暴，竞奔于思想。创业者为侠客

一步内拭剑，两步内披荆斩棘，三步内剑气动四方

而守望者以莲花之心礼仪东方，以黄葛树之形

在锦绣年华里拓展疆界，在千古文脉里明月清风

为什么不沿着灵魂的频率互动，去感触那方引力呢——

向外看去：田野、山岗，漫过日月；科技、引擎
光阴摇撸，轻舟发力，给出"在创造中创新"的命题
向内看去：青铜之鼎、窖香、线装的朝代、晨钟暮鼓
以及比灵魂还高尚的家风，都来自同一片山水
有完肤，完美的骨骼，相互照耀的肝胆，布匹一样柔软的心肠
骨髓里的磷，轻如星光，一座座典雅的殿堂，用锋芒建造

此际，斯人烫一壶酒，灵魂贴近墨香，她快乐，幸福
隆起的腹部内蕴滔滔，旧时光携带故园，长髯飘飘
先行者打出了一副又一副好牌
后来者练习取经，种良药，蒸腾的事业气冲霄汉
万物们怀着敬畏，连那根紫藤也是有信仰的
似流水之弦，飞过千山万水，为血脉里一条奔腾的河流
那片落英，散于流水游弋，留下骨，为大好江山的厚积

在遂宁：心如宋瓷，盛满祥和与感恩

周八一

1

当我说起遂宁，涪江水跳跃的浪花

闪亮幸福和喜悦，湿润我的眼帘

想起与遂宁难舍的情缘，大将军桓温

飘逸的大氅，已熄灭历史深处漫漶的烽烟

祈福中抬头，万物扎根于这深沉的血脉

光阴坚韧的缝隙里，又悄悄

繁衍出一丛丛绿莹莹的祥和

当我吟诵"念天地之悠悠"

一根大唐的诗骨，就撑开她深邃的天空

广袤的土地上，每一株迎风摇曳的花木

都像是一个个真心的英雄，梦里千回

一遍遍默读着"圣人不利己，忧济在元元"

这精神的火种，星星般燃烧

点燃遂宁人古往今来的肝胆和初心

2

如果想真正读懂遂宁，须仔细翻阅
她一帧帧厚重的历史册页。每一页
都有浓墨留下诗的灵动，书的洒脱，画的典雅
装点着"文贤之邦"深厚的美誉

铿锵的华夏气质中，我用心默念
陈子昂，张问陶，黄峨……这一个个耀眼的名字
天空浩瀚，群星闪耀的光芒
照亮层层叠叠的山川，璀璨了
她广阔的胸怀，打开一代又一代
梦中铺开的，通向更高理想的追寻之路

3

岁月蜿蜒的征途上，新的蓝图又已展开
5325 平方公里的土地上，380 余万遂宁人
怀揣"四个全面"和"一干多支"的发展战略
遵循"绿水青山就是金山银山"的根本理念

他们从山水缠绵的情怀中汲取灵性

巧妙地搭建起农工商贸柔韧的跳板

一年年励精图治，顺势而舞

用忠贞和汗水，浇灌开拓进取的梦想和荣光

策马扬鞭的，是一个个跃动的词语，带着

水的纯真，火的激情，泥土的实诚

把遂宁描绘成新时代的一曲新赋

演绎钟灵和毓秀，抒写大美和神奇

4

伫立金华山巅，沉醉在明媚的春光下

凝视这一方深厚的红土地

山川起伏着豪情，流水荡漾着春梦

飞翔蓝天的鹰隼，翅膀展开亘古的灵动与坚贞

极目远眺，我似乎看见观音湖清粼粼的水波

一层层荡漾着绿色，柔美和吉祥

潜心滋润着一座崭新的宜居城市，海绵城市

把"东川巨邑、川中重镇"的"小成都"名片

擦洗得流光溢彩，熠熠生辉

在民族复兴的篇章中，写下最精彩的一笔

5

白芷祛疼，柠檬安神，菊花茶清心明目
细数这一样样远销海外的名贵特产
沉醉中醒来，饮一杯醇绵的沱牌老酒
入心入肺的又是川剧《盛世霓裳》的悠长韵味

灵魂的白鹭翩飞在辽阔的锦绣中
一声声晶莹剔透的锦瑟和鸣
循环往复，深情歌咏着盛世与太平

不经意间，你总是因她富足的生活
安定的民生，日新月异的变迁，而深深陶醉
崇敬的心，一如那馆藏的青白釉凸雕花卉纹瓷尊
一点一点，盛满祥和、高贵和感恩

遂宁诗稿

周维强

1

我要读完陈子昂诗歌中的每一个字

拜谒斗城的每一座寺庙

亲吻遂州的每一条河流

甚或走完船山的每一条街道

在瓷器的光与影里，感受宋瓷的细腻与柔美

才能悟透"平息战乱，遂得安宁"

八个字的深意

鸟鸣引路，渔舟唱晚

在遂宁驻足，你要用谦卑的身姿

学习一滴水，如何用绿意

点亮一座城的风华与容貌

更要把内心的俗念腾空

反复诵读陈子昂写给斗城的古诗

学习涪江、琼江、
梓江、青岗河、蓬溪河，用蜿蜒的姿势
环绕在遂宁周围，不离不弃

2

午夜，打开遂宁的地图
我听见诵经声从灵泉寺的香火中
升起，月光落在广德寺
扫地的僧人，目送一只星星
隐在浩瀚的星空

万家灯火，在观音湖的湖水中
变得沉静而美好
有人在暮色中高歌，有人在山月中啜泣
有人夜读《登幽州台歌》
有人告别故乡的一草一木
深深地弯下腰身

湖水浇灌的花朵
喜欢在夜色中绽放
绿水滋养的城市

在遂宁的夜色中，袒露真情的告白

3

在遂宁，我喜欢把水
当作诗句来读，涪江是五言绝句
琼江为七律
梓江、青岗河、蓬溪河则用现代诗的
浪漫与抒情
抒发每一滴自由之水的纯真

每一滴水都有母性的慈悲
每一滴水都在父性的召唤下
热爱着遂宁的花花草草
那些拔地而起的高楼
在水的倒影中，因为葱绿
而显得不再冷漠
在水的歌唱中，而有着矗立的欢乐与色彩

4

水走不动了

风就会用双手托举着遂宁的风景

向前流动

它们把陈子昂诗篇中的每一个汉字

翻译成瓷器里的人物和线条

把赤城湖的湖水和水中的鱼

安上幸福的密码

你要用游子的脚印去丈量

用遂宁方言里的旋律去验证

这样，5300平方公里的遂宁

才会闪烁质朴、明亮、动人心魄的光芒

遂宁湿地

庞雪君

樱花、垂柳，每一棵树下
都要歇歇
我已依恋夕阳洒落的余晖和花朵

明媚的天鹅
在芦苇丛中
缓慢放下身体和火焰
林荫中的爱情栈道
延长爱情

先是脚步，其次是心情
那些身姿也流动起来

一步一莲花

孤城

一步一莲花，登高台。会不会走着走着就走进了
来生
云雾洗涤出来的门槛，雕龙嘴里吐出的清泉

是不是不下山，就可以干净地活在梦里面
就可以
朴素地站在来世的枝头，和一朵心仪的花儿头挨着头
数星星，喝露水
一天换一个花样寻开心
苦难有多沉，身体就有多轻盈
宛若莲花刻在石头里
不离分

别遂宁

春英

跑步登机的慌张尚未褪去
雨水已顺着舷窗开始流淌
机翼下巨大的气流
把地面吹得汹涌而动荡

我接受各种形式的告别
与一座城市，一袭山脉
一条河流，一个人
总是不停地从一个起点向终点靠近
又从终点奔向另一个起点

我尤喜欢别过时掩饰着留恋
秘密地把曾经的不舍
再次重温或体验

瓷语

胡马

"难道是一场薄雪埋葬了呼吸？"
"其实，那是天堂和我们之间的距离。"
如光沉入水面，当我负重潜入
向着天空上升的遂宁，内心的折射
召唤我从雾霾中惊醒。而你还在
时间的天青色封釉里俯身劳作
耕织的游戏，是谎言说出的真理
莲瓣，梅，菊，忍冬和牡丹……
你种植的草木，在炉火中怒放
你养的鸟兽虫鱼，在倒影里奔跑
从卷草到缠枝，天空的颜色
是通向神明的唯一过渡。推开
辛亥年的窗户，我看见春风浩荡
若耶溪在你身上行使一场大雪
在陶轮、风波亭和崖山海边
在楼船、武信城和撒马尔罕的旷野
在生之独酌与死亡对饮转换的间奏
……狂舞如屠城的战旗

而博物馆的冷光灯，将一个王朝

轻轻推至历史最易搁浅的险滩

当北风越过等高线，蒙古铁骑

自地底涌出，将铁钩银划踏碎

多少美沦为灰烬的囚徒。只有你

将不可触摸的根须，沉入苦难之雪

在不被命运扪及的暗处，沉睡如挽歌

西山帖

胡亮

1

一只灰喜鹊是一座带翎的神殿，

一株槐树是一座带托叶刺的神殿，

那山峰无人登临，反而布满了草籽和神殿。

2

我已有很多天没有去西山，

没有领取属于自己的羞愧。

3

山道两边长满了银合欢，那些修长的荚果不惊不喜，

徒步者和偷情者各得其所，那些荚果

不出汗，也没有捂住嘴巴。

4

路边长着凤尾蕨，高处挂满了皱叶荚蒾的红果串，
半人高的地方则丛生着悲喜剧：如此甚好。
如此甚好。

5

我们再次拜访了那棵构树，它忽略了
我们的狂喜，而我们则忽略了
它沉积在根部的静穆。

独坐山（外二首）

泉子

独坐山只是一个低矮的土丘，
一种神秘的吸引
帮助你找到了一条向上的小径，
直到你同时看见了梓江和涪江，
直到你看见了更远处
那千年间从未停息的奔流。

陈子昂

相对于李白、杜甫，
我更希望能成为另一个陈子昂，
并因对风骨与兴寄的标举，
而终于用青山雕琢出
人世从未显现过的永恒。

我还可能是谁

我是王维，也是杜甫，

我是李白，也是幽州台上怅然落泪的陈子昂，

我是整个盛唐呀，

我还可能是谁？

我还能否再一次成为那最初的自己？

我还能否——

从宇宙的子宫中，

再一次捧出一个如此伟大的人世？

乡土中国：我的遂宁篇

阎友新

子昂故里：一卷修炼的时光美学

一部史册，一旦翻开了，就无法再合上
在山水的臂弯里，凝炼了一座千年古镇遗迹的修为
光阴的磨砺与雕琢，春秋的轮回与传承，与牛俱来，岁月不老
——祖传的美学。镂空的记忆，是供后人临摹的一帖真迹

史册，翻开了，就成为永恒。一袭黄衫温故
一座青山，一弯净水，一个背影
是一次前世的归乡。早年的一枕清辉，意欲喷薄而出
端坐金华山道观屋檐上的雄狮，一叫就醒了——

用信仰感应筋骨。静谧中的子昂故居，安于时光的脉搏
传承指日可待。古镇的布局，与一段诗史不谋而合
一串脚步，就打通了一个民族的文化
用诗才报国的光芒。而古镇遗迹的故里，融入了旅游文化的结晶

每一片檐瓦流淌着豢养的雨水。穿过门廊，有历史的耳语回响
屋顶上的青丝欲滴
檐下一壶青茶，沏出了门外一丛押韵的山水
是谁坐在老宅门口，沉沉睡去？像故人，顶着一阵古朴的晚风
迈进殷实的家史——

观音湖生态湿地公园：赴一场三月的盛会

所有粉嫩的词，都抵在了春天的肋部。三月的话语权
被一株株疯长的水草篡夺
一对蝶翅作序的湿地，边边角角都是生机盎然

三月柔软。湖清水碧，群山蜿蜒，都是翩飞的扑朔迷离
湖面、湿地，扑向我的都是涟漪
千遍或者万重，都是心花怒放的富足。那染色的耳目，是我的
那芳草萋萋的肺腑，也是我的

风中识香。一缕春风涌向你，你便是缤纷的人间
我不转身，仍被一朵花蕊专注着
一花倾心。每个眼神，都跳动着一个花仙子的魂
每张脸上，都写有一个艳丽的芳名。一身千娇百媚的罗衣
裹着馥郁的筋骨

此刻，我可以打开自己，也可以醉倒在你怀中

请噙满，并吟唱。仿佛一探身
就遇见了人间这一场撩人的花事
良辰与美景，可以兼得。在一棵野草前，我轻易就被一朵小花
猜出了青春的芳龄

黄峨古镇：油菜花海里的温存之乡

几乎是轻的软骨，触底在故乡的袖口
流水更轻。河滩上，一些湿滑的身影借用了水的质感
像一位故人，站在阡陌上侃侃而谈

油菜花黄了。当一阵春风，加速吹开我的衣襟
所有的光影，都在试着簇拥、触摸
一次在油菜花的屋后，喊出母亲的背影
村庄的湿与田野的交错。炊烟欲斜，像浸过水的草绳
弯进三月，索要清冽的肌理
仿佛一夜催促，就点亮了一片油菜花海。千万朵，或者千万盏
都在照我梦里还乡

三月泥泞，村外一片富贵花开正满

身体荡回到春天的某处。一袖春光，划动了水墨的人间
还是那一双赤脚，温故在田埂上。有根的河水
在每个拐弯处，都安放了一排蜂箱

怎么辗转，都是一朵油菜花的身世。金黄的色块，荡在肺腑
一尺涟漪，扔进明媚的油菜地。大地饱满而富足
有人贴面而过，顺便从我的指缝里
牵出一声湿漉漉的牛哞——

十里荷画景区：一枕荷塘里绽放的乡愁

听。一滴水墨，洇开
或者渲染。山水丰润入画，荷塘妖娆丹青
蛙声如鼓，力透纸背。一声牛哞，犁过乡愁里最柔软的那片田亩

不用再思量了。一卷田园意境，寸步都是冥想之澜
远近皆有吮吸之声。我能描绘的色彩，都是伶仃的线条
是映照，也是一帘梦中烟雨。有赤脚的蜻蜓，落上鼻尖
水是一枕酝酿的乡土。有根生的藕，在尘世举出一支脱俗的莲

那么舒缓的一次醉卧。荷叶晒雨
蘸一支莲，写意临水的故园

水墨浮动，腰身过于暧昧。有盛情的陶罐，交付世间一曲委婉
　　的韵脚

荷塘边，适合种养乡愁。水中倒影，可由轻声细语
直接过渡为一枕荷塘月色。端坐十里荷画荷塘的人，正在静心
　　听莲
心头清风欲满，我已是一支归乡的荷……

安居区大安乡：稻田里收割的乡情

休养河田的魂，也根植一穗稻米的思想。给我锄头的人
也说给我一个人寿年丰的三生三世。站在义仓村稻田的泥土上
我更像是一株禾苗
用一次拔节，发出洪亮的嗓音

我需要一只碗，盛满那些稻米飘香的日子。击鼓，歌舞
在一场仪式里，完成乡情的收割。一处吟风酌雨的草堂
两袖淳朴的民风。日落归乡，淘米生火，鼾声如雷

只要我愿意，就有一双手递过来。一缕乡愁，牵我前行
风吹，一片吟诵之怀。吹过交织的阡陌
吹过一个弯向水田的腰身。眼下，是一穗稻米立在我身边

大地祥和，山水隐含于田亩

耕读的日月，醇厚而悠长。稻田里那头耕牛的身影
迟早要踏着夕阳，返回熟稔的家园。一缕炊烟，搀扶我
迈进家门……

斗城，遂州

琳子

斗城，遂州，蜀国的坐胎之地
润泽之境，深藏
敦厚的紫红沙土
和泥岩。它们陈年的红是一种喜悦和收割
养心之地必五谷丰茂，人神
皆有所养，山河必定盛津而多汁

安宁是一种希冀，每时每刻都在出发
有人选择在这里筑路修桥盖房屋，诞下子嗣
有人选择在这里，建窑烧瓷赢得贸易
有人选择在这里辟谷读经等待升腾
有人选择在这里入葬，有人从远处匆匆归来
你刚刚迎接了白云又转身迎接了彩霞

观音湖是宽阔、延伸之湖
美好的传说让人微笑。湖水下沉
慈善之人顿时涌起放生的欲望。而龙凤镇的出生
宏大而吉祥。要多大的福分才可以空降此湖
享受她的垂目和露珠

不妨掏出灰尘，迎接这湖水

交换这湖水，我们需要积攒一生的热爱

遂州有座山，它叫金华山

山前住道人，满身的阴阳满身的风水满身的

道场。山后住学子，修正儒

读诗台依旧光芒万丈，落满花朵。天降大任

子昂赠出感遇之诗我们都在流泪。你摇身一变

你自己就是一步一台阶的金华山

遂州有座庙，德广而人至

德广而人聚，人聚即人意至，万物跟随

灵泉不舍昼夜，汩汩流出地心之水

从不停下它甜蜜的浇灌和洗濯。这是多么清澈的水脉

更有高峰山日出而红，日落也红

漫天的流云四面八方围绕着它，播种着它

遂州的

死海这么美，漂浮这么美

黑泥的覆盖揉搓这么美。矿物质这么结实、饱满

地质的断层因裸露而平静。刻度

这么美，硅化木这么美

修复中的侏罗纪，有强劲的旷世之景和绝世印记

河流

蒲小林

人生苦短，倾其一生，也无法让世间
所有的河，都像我家乡的小溪一般流淌

但那次在海上，我只蘸了
芝麻大的一滴海水
就把天下河流，都捧到了手上
手轻轻一晃，它们平静、汹涌
无风也起浪的本性，很快就
暴露了出来

当我把这滴海水，带回到遂宁清澈见底的
涪江河，相当于把全世界的河流
都带到了我的家乡
也相当于，让全世界的大海，重新
回了一趟自己的出生地

当孩子们放学归来，逐着细浪玩耍
洗完衣服的母亲，踏着夕阳

走在回家的路上，我这才忽然明白
一条河流，为什么一定要像炊烟一样
蜿蜒、舒缓，才是宁静而柔美的，为什么
只有绕着家的房前屋后流淌，才是
清澈而甘甜的

滴水岩

蒲昭青

峭岩如斧劈，岩上滴水
不断

滴水岩，无法一滴一滴，把涪江留住
只好用小情调的蜜语甜言
对着岩石，说了千百年

一品宋韵青

——遂宁宋瓷博物馆

震杳

1

假如命运注定要将我掩埋

我愿像这些宋瓷

1700 年前，桓温手指这块宁和之地

为它命名，仿佛就是在等待

这些易碎品，从土化为瓷

再归于土，去国远乡

沉睡在遂宁的地下

泥土深知，创造什么，就得接纳什么

但时间与黑暗，已无法再改变它们清朗的肌骨

锋利的青铜和铁器摧眉折腰

釉色之光更接近于永恒的哨音

当我们探索的手，向下触摸到这些青瓷

仿佛摸到了一个朝代坚硬的天空

2

雨过天晴云破处。花鸟皇帝赵佶

用消瘦的字体

为青瓷圈定了美学范畴

风雨飘摇下的宋帝国，急需一次放晴

整饬零落的江山

青，是一阕合于枕畔的梦，从天子到百姓

陷入病态的痴恋

掘流水，采碧霄

今人已无法猜出这种釉色的成分

就像无法接近，一个朝代湿热的呼吸

它特有的记忆与身份

独自挑亮历史晦暗的光，虽然有时

会将自己压碎

3

一盏青色的荷叶

像世间所有荷叶的本体，羁留在时间中

时间停留在，一只罐口

你可以向罐内，装入金银、细软

装入粮食或水，用过的梦

无论什么，被一片荷叶盖住

都会成为夏的一部分

你也可以，像一千年前的那个人

在罐内装入，九十九只碟子的祈愿

他一定反复清点，仔细填装

如同盘绕易碎的命运

他何尝未想到，一切都会被流水带走

除了一叶荷，及它体内的青色

4

一排排青瓷，在宋瓷博物馆

与你相遇。你不是它们的制造者

也不是它们的拥有者

但你依然可以享有它们的光润与线条

它们依然愿意向你展示

千年前繁华的宋朝

是如何从街巷深处呈上一盘佳果

如何将春酒，从细嘴壶里注入雕花杯

那是你无法领略的生活

却被你的祖先，平淡度过；被一坛江水
从容使用。而今，在隔世的灯光下
这些素雅的瓷器唯有空着
只为与它们匹配的事物，俱已消逝

5

如果我穿上一袭青衣
是否就可以和这些瓷器称兄道弟
如果我也能凝固唇舌，在柔润的釉面下
打坐，是否就可以
躲过世间的尘埃
当条条缠枝从四面八方涌来，爬上我的肩头
是否会有一片叶
挡住我的脸
但我无法发出那种金属般的铮铮之声
我的骨长在肉身之下
不像你，将最坚硬的部分
放在体外。或坐或立，你从不害怕
七尺之外，自己的碎片

第二辑

致敬子昂

在秋天论陈子昂《登幽州台歌》

于坚

在路上 当灰尘暂歇 平白无故 再次想起陈子昂 古老的

声音就凭空传来 "前不见古人 后不见来者 念天地

之悠悠 独怆然而涕下" 又沉吟了一遍 汉语中的伟大幽灵

一直在乌云里徘徊不定 它不是老鹰 也不是航班 一句

古老的四川话 有着神的音位和高度 言此意彼 坐在区图书馆

二楼的一位业余作者 觉得是在说他 望着深渊般的电脑发呆

曲阜的孔子明白说的就是他 于是他韦编三绝 周游列国 在匡

被捕 陷于小邦的沼泽缝中 道不行 可乘桴浮于海嘛 仁者不去

逝者如斯 葬于泰山的一棵松树下 屈原欣然领受 当他 "去

终古之所居兮 今逍遥而来东 羌灵魂之欲归兮 何须臾而忘反"

杜甫断定是为他的在位而写 当茅屋为秋风所破 他 "此身饮罢

无归处 独立苍茫自咏诗" 苏子瞻知道是为他的转世而写 当他

"醒复醉 归来仿佛三更 家童鼻息已雷鸣 敲门都不应 倚杖听

江声" 矮个子的拿破仑听说是为他而写 当他在圣赫勒拿岛发霉的

沙滩反省那场断腿残身的战役 博尔赫斯的老虎晓得是为它而写

当这位盲目的动物管理员将它放回那张白纸荒原 "转动九个无名指

再将每个变为九个" 鲁迅清楚是为他而写 当 "深冬雪后, 风景

凄清, 懒散和怀旧的心绪联结起来" 尤利西斯在途中发现这是为他

而写 当他"攻破特洛伊神圣的高堡后 飘零浪迹"尼采认可这个
造句 当他走出那座黑暗的德意志教堂 精神崩溃 回家 躺在妹妹
的怀中 唐朝认同 前无古人 后无来者 时间中何曾再有

这样的黄金 独步长安大街的都是诗人 皇帝为布衣李白下辇 "文章
道蔽五百年矣" 一切自以为是的读者都笃信陈拾遗 是 为自己而写
每个时代笔都要再次为这一行操心 惦记 憔悴 鹤立鸡群 那些深夜
失眠的人 白天失眠的人 在死亡中失眠的人 坚称说的就是他们
    的处境

那只在艳阳高悬的天空中尖叫的乌鸦领悟是为它而写 那匹站在
    荒原上

嚼着草根的黑马在沉思它的音节 那些正在夏日广场狂欢 为短
    命而烦心

的闪电集体 心烦这个句子的长度 它们致力于淡化它 忘记它 驱除
它 消灭它 那条叫做怒江的河流喜欢它为它而写 当它的峡谷在春天
被翡翠阻塞 那些站在滇池北岸落日下的芦苇很骄傲 当它们在
    风中瑟瑟

如二胡上的急弦 旋律终于被一首诗记录在谱了 我不确定这一
    句说的

就是我 2020 年 9 月 当我绕过那台被建筑公司抛弃在废墟
里的黄色推土机 我听见有人在郊区的新教室里背诵陈子昂 童
    声 千年来

第 N 次背诵 恒河沙数般的背诵 宅兹中国 郁郁乎文哉！郁郁乎
    文哉

"独酌无相亲"我们这些说汉语的人们 写文章的人们 从未摆脱 这种

孤独 这种心痛 这种耿耿 这种傲慢 这种斯文 这种对逶迤颓靡的 恐惧

和迷恋 这种对书写一笔一画的执着和激情 这种灰色的雁叫长 空 这种

"川原迷旧国 道路入边城"这种"霸图今已矣 驱马复归来"这种 "击剑起叹息 白日忽西沉"这种"明月隐高树"又一个秋天 "前不见

古人 后不见来者 念天地之悠悠 独怆然而涕下"

在陈子昂故地

飞廉

李白、苏轼，都长着一张"蜀道难"的脸，
才华摧兀，一夫当关，万夫莫开。
崎岖凌乱的巴山，
江水的浓雾，
因而，言辞激烈，命运艰险……
灌了一肚子射洪春酒，
我走上金华山，你少年时读书的地方，
淘沙的机器船在轰鸣，

山，缓慢下沉……
我长望涪江的流水，
我渴望从此带有一种醉意，
我口吐狂言……
下山的路上，今年，我第一次看见了燕子，
你们都长着一张燕子的脸，不朽的脸。

登金华山古读书台

马晓雁

已近立冬

渡过黄河的人，放下泥沙

涉涪江

沿着你青苔铺就的诗节

拾级而上——

你站得太高了

以至于，许多年过去

你那巨大的忧戚与怆然

仍在空中高悬

四面八方赶来仰望的人们

在你的河流里洗心

也在另一条不知名的河流里

筑构你的孤独与黑暗

香山

王旭全

从这头伸向那头便是到了尽头。
再往前就是一汪江水，横无际涯。
曾经的浩浩汤汤曾经的朝晖夕阴，
早已化作一片烟云。
其实，我并不想追忆"买花载酒"的盛景
我只是怀念一只船行走在江河的飘渺与悠远，
还有抵岸的潮湿码头和码头上流动的事物
因为那是和街的节奏

此时，斜阳独倚古刹
黄桷树的寂寥充实和街的宁静　依然
只是在岁月的风景里
少了许多点睛的人和物。

杜甫在射洪

王家新

登幽州台放歌的诗人

死于家乡一座冤狱，多年之后，

你来到射洪。

又是仲冬，又是抱病登临，

远处的雪岭不可逼视，

江上无风浪涌，

耳边唯有声声《感遇》① 在追溯它的源头……

你看见一只孤零的白鹤，不知它为何

在涪水上引颈起舞，

（它也想死了是吗？）

你带来一壶陈酒，岂止是酒，

在彻骨的寒意中，它已燃起

火焰之绿！

你要把它献给谁呢？又是

茫茫的落日！

在你的身侧，在你的背后，

---

① 《感遇》，指陈子昂《感遇三十八首》。

117

唯有一群饥饿的寒鸦

似在发出号啼……

读书台

车延高

紫堇花捧着看不见的安静
风，还在翻书
就像时间还在书写历史

涪江是岁月的脉象，也是
属于未来的思路
唐诗宋词在这里存放的心跳依然年轻
想象力不老，端坐在读书台

陈子昂已是逝者。
现在，一边吟诗一边与来者寒暄的是涪江

它没有灵感
却流水有韵，滔滔不绝

致陈子昂

见君

幽州台上，
你伸长脖颈，四处寻找
纵火点。

一架牛车，
从远方悠悠走过。
赶车的人，睡成
一本书里
被撕掉的一页。

——怆然之伤结，
黎明之腹内，
黑暗，
手持温柔绳索。

月亮额头，
闪着光。
历史荒野里，
横陈着，那只叫"唐"的瓶子。

陈子昂墓地

田禾

我原以为，一位圣贤的墓地
会有一种难以想象的富丽、豪华

子昂兄，我追你追了一千年
竟然是在这样的废墟中找到你

不知道，我在你墓前的这一低头
是缅怀，还是认罪

这墓园很多年没有修缮了
通往墓地的石径早已被荒草覆盖

墓碑被风雨剥蚀看不清字迹
这与诗人伟大的名头有点不相称

对一个诗人的凄凉，我"最终难以
忍受难言之痛，而掩面涕零"

子昂墓前问

田小田

先生，请原谅我此刻全身涨满水池，
从眸子、从肩膀、从胸腔倾流而下。

先生，人间有难，每一双手都那么无力，
这个春天许多生命被关入永夜。

今天，又一个诗人走了，只留下诗歌四处流浪。
三天前，守护你的哑巴，也在泥泞里孤身倒地而亡。

陵园里，树林撑开墓碑前巨大的沉默，
梓江边，群山寂寂被一场大雨洗空。
尘埃消亡，干净得让人绝望。

哎！尘埃，尘埃，无数粒尘埃跌落的一刹那，
先生请告诉我，是该发出尖叫，还是怆然涕下。

忆金华读书台

田开鹏

老松树一层一层地剥下皮肉，
瘦骨如铁，把涪江的风敲碎。
破旧的月色躲在崭新的书中，
逃过了修修补补和翻新的劫。

金华读书台的电灯越来越亮，
亮得填满了空腹待哺的段简。

今天的蝉潜伏在昨天的树上，
千百次的练习，只为了模仿
当年长安酒肆那古琴的巨响。

陈子昂：登幽州台

西渡

大雾弥天：在四个方向上

道路消失

头顶没有太阳

身前身后

只有展开巨翼的大雕

像一阵呼啦的旋风

扑向无人清扫的战场

叼起战士的颅脑和内脏

为饕餮的庆祝而旋转

危楼之上，有一个声音

召唤我

有一条道路垂直于大地

缘索而上

把自己举到空中

坐入星辰的旋梯

（那些断了电的灯盏）

沿大地飞行

逼使全宇宙的黑暗

在鹰眼的俯视下

交出全部真相

感遇·陈子昂（组诗）

向以鲜

毁 琴

毁灭是最高形式的赞美

用双手砸成碎片　用火焰

烧成灰　用西风卷走痕迹

毁掉一把昂贵的价值千匹锦绣

的琴　就像将军摧毁一座城池

像青春埋葬一段旧爱

琴是何物　在坚若金石的诗歌面前

它不过是木材与丝弦的变奏

浮声盈耳　唯有悲怆的吟咏

和雷电　才能撕裂心脏

以及繁响深处的腐朽

女 王

玉墀的阴影中

女王的冕流自天际倾落

奉先寺卢舍那的容颜焕发于

落日之外　在此刻

在上阳宫　诗歌成为致命

的珠玑　不仅照亮洛水的薄暮

也照亮女王撩动的雄心

大地微霜　一柄斧子伐尽青柯

洗尽铅华眺望金牛古道

梦中的蜀山乱云

孤鳞穿破死寂的波涛　如同女王

御下万人景仰的龙袍

修　竹

黎明　收到东方

寄来的一枝修竹

我把它插进岩石里

剪掉一切与竹无关的

词语　冰雪和装饰

剩下苍茫　浸出碧血千滴

轻叩龙渊　剖开

水银泻地的疆场

傍晚　我听到琳琅之声

那是炼金士的密吟

还是拔节生长的汉魏风骨

在石头中轰鸣

凤　凰

万物摇落时

梧桐描成铁干铜槎

云霓一样的缤纷身影

凤舞九天　苦难重生菩提

不要为星辰和幻象所蒙蔽

命中注定的孤独之赐

不在苍梧而在心上

一对小鸟倦宿青浦　交颈刷尾

羽毛像诗歌一样富于变化

你突然明白　幸福的时刻

在烈火中寻找真理的时刻

荒漠啊就是醴泉

怀 念

怀念古代的君王

不是因为他们用黄金

垒筑韶华和欲望

而是怀念一个英雄

对另一个英雄的深情渴慕

天地如此遥不可触　仿佛从未相见

此身如寄　风云际会的峥嵘时代

奢侈的舞台　比黄金更铺张

的乐队　放马鼓角横吹

纵情挥霍理想与生活吧

谁与我粉墨广袖

演一出流芳千古的戏剧

塞 外

是的　我曾披挂出征

以居延海的盐磨亮刀尖

在大散关　我看见圆月

如父亲的脸　转瞬被烽烟撕破

在渔阳　契丹的亡灵

哭透征旆　但这并不是我的

塞外　代水不可涉啊

我厮杀在诗歌与不朽之间

像失去对手的勇士

铁笔丹心书就失败之页

夜　色

终于明白

最璀璨的是此刻

仰望长夜未央

那儿比幽州台更为空虚

心若枯蓬何妨笔走龙蛇

我挚爱的人生

哦　风泉月露的世界

我要你们把这个名字

刻进汗青刺入骨头

我是诗人陈子昂

字伯玉　大唐梓州射洪人

一生骨气端翔字字音情顿挫

一千三百一十二年前

在风雨如晦的长歌

和故乡的夜色中死去

真相（献陈子昂）

刘十三

慕名至金华山，我止步于爬满青苔的石阶前。
透过放大镜看到，石子寄生缝隙，像是指甲刀上
受力的轴点，分隔着石面与石面之间的界限。
也在这经年的一张一合，或升或跌之下，
它为古老的读书台送出各式请柬。有人邀请合照，
有人追溯过往，还有人直播乞讨。没错，
这里留下了千百年众生相，最后却只剪辑成了
一声叹息，或播放山间或闲置回收站。

旅途（献陈子昂）

刘正牌

加速，抬轮，起飞，收襟翼

老伙计

咱们的目的地

幽州台机场

穿透世俗的束缚，直飞诗骨

一路谨小慎微

生怕中了天际线的圈套

突然，所有仪表全部失效

就连那一颗老掉牙的磁罗盘

也大口大口地呼着来自千年前的叹息

飞机迷失了方向

被一团来自金华山的书声包围

一字一句

像极了 502，死死地咬住

盘和舵，野蛮地吞噬着我的

灵魂，使全身毛孔无限放大

又像马良手中的笔

北雁南飞，衔来那

孤独了千年的泪滴

眼珠尝到了苦楚

天地悠悠在脑子里乱蹿

我想旅途已无遗憾

诗骨感染了我，我拉长了怆然

可以安心备降金华山

金华山

刘群英

山是子昂怆然蹙起的眉头，苍穹下有琴弦般的张力

过百尺桥，看到的不是荒草突兀

而是读书台上的青松鹤舞

杜工部寻宗杖策脚印里生出 365 行诗

来者的目光反复燃起朝圣的火焰

《感遇》诗砌成的阶梯长出春天

他们在你身上牵引倒头石龙

蔚蓝胜境中倒读出来的

夜晚，山尖在雨里，闪着青瓷的光亮

多么像他的游魂

读《登幽州台歌》

汤养宗

每当到要紧处，我就要诵咏你这首诗
脱口而出或用心默念
有时也流泪，在人前就背过身去
为那伟大的虚缺，也为来得太早来得太迟。
活着，并被一首诗的气体
养到老，这是我个人最私密的一件事
人问：苍穹之下不过滚滚泥丸，关你鸟事？
答：想到风物宜人，想到爱就会死
我就有空茫，涕零，万世与浩荡。

在洞背村想到陈子昂后作 (外一首)

孙文波

节日：水晶盘，椰子糖，腌嫩姜。
端坐氙气灯下的影子。有多少想法，
就有多少混乱。

        我想起涪水、金华山；
石头的眺望，一个人被放弃的孤单。
河流无法看见的空远。

        他改变音韵的努力，
不过是对事物的还原。

        炸裂的响溅如石雨。
落魄者，看错方向的人，下一步将
带来批判弄脏的图谱——反复涂改的旅行册，
算了，叹息始终多余。我不需要一再面对他，
想到春华秋实。

        在洞背村，石头砌成的路
起伏蜿蜒。白云在头顶，海水在天边。
这些都不重要。

        重要的是，在我的现实里，
有语言的战场；狼奔豕突。厮杀呐喊。

重要的是，留下来的，全是血的花瓣。

读《陈子昂集》后作

怀才不遇。他花百万钱买琴又砸碎。得到

普遍的赞美。接下来的事，并非像他想象那样，

有才并不真能得到好的生活，关键是还要

学会阿谀奉承，令天子和权臣喜欢。这一点他做得

不行。最后落得被害死。如今，家乡给他修了纪念小庙，

规模不大，风水还可以，成为人们游览观光去处。

我曾经去过那里。对他的大理石塑像有议论；

雕得真是不好看，胖墩墩的形象，好似一个奶油小生。

完全不符合他诗的感觉。他的诗有古意，很老成。

与他想要追随的古风一致。站在他的塑像前，我满脑袋是

诗与人的矛盾。这应该是误解。尤其是他曾经

随远征军深入燕北，广漠北地苍凉曾让他看到帝国的弊病。

磨砺了他的神经。对他的形象也肯定有改变。

他怎么会只是一个奶油小生？这不太符合他的经历。

可见他的乡人其实并不懂得他。回想起来，我们懂得他吗？

好像也不懂得。我们只是对他有兴趣。很多次，

我发现人们谈论他，无非是谈论他的举止。有人说他

不知道轻重缓急，有人则认为他耿直不知变通。

不管怎么说他死于壮年非常可惜。但传颂千古似乎
又是他的幸运。历史的迷障多有遮蔽。他已经不是
他。他不过是我们的想象，不过是想象的出发地。

与伯玉书

孙启放

伯玉兄：见字未能晤面

幽州台突兀千古

我见到的大抵是罪人

风沙湮灭旧迹

时光消弭功名

却可以磨亮带电的词句

记得少年时那一刻

闪瞎我眼啊

暗夜也要一遍遍读

你分明只手指天

独立于一幅油画中

落日悲壮

身后的影子横切过古幽燕大地

直抵当下

而我，即便老妖般久活于世

未来的尽头

你一袭白衣

我怆然涕下

登陈子昂读书台

孙谦

纯白的曼陀罗开了
灰白的鹭翔舞、唱和于
柏林之巅。书的高台
由层层岩石叠至生命的

断崖。蝼蚁人生，兰露诗魂
天地阔大，难容一张书桌
你凝望世界的分离
时空苍茫，鲜有人
会在其中相遇，你须忍受自己的

窘迫。我接住了一片飘坠的羽毛
附着其上的光亮，折射为
攀登石阶的人影。而那飘来的云影
宛如一声黑色叹息
围绕着茫茫孤寂。字词

只是一面存在的镜子

照着你的命脉。字纸一直薄得

像蝉翼。蝉的颤鸣像魔咒

唯有蝉的逸响试探苍莽

一湾涪江没入天际

不可见

——记陈子昂读书台外金华观

李壮

古人是可见的。他们的一生

分分明明都刻在墙上，来到此处的人

虚虚实实总知道念叨几句

陈子昂的诗和名字

来者亦是可见的，此刻他们正

三三两两地走动着，找一处僻静的地方

敬烟换火，至于他们自己

来者就蛰伏在小腹和键盘里

用射线扫描肉体或在网络上贴一首诗

都是让自我溢出时间的有效方式

这一点上，现代文明的想象力

骨子何其老套，皮囊又多么新奇

在陈子昂读书台对面的金华观

不可见的其实是另一些事物，例如

头顶上的太阳不可见，川地的雨雾

是时空之谜的完美背景音

而手掌下的字迹同样不可见

这一块不知年月的石碑横放在石凳上

蓄满水滴的青苔丛林

早已愈合了那些一笔一画的伤口

石头的伤口，人心的伤口

在这里被转置为河床的现象学

逝者如斯夫，只有水爬出来

只有耗儿鱼和玳瑁爬出来

而当乳白色的天空又把云和水拧落

我们这些在行与行的分野中寄命的家伙

亦从破败安详的古道观院门下爬出来

回头再看，拒绝识读的石碑不可见

守碑老人口中门牙和蜀音的缺损

不可见。被青苔缓慢吮掉的唐朝不可见

当我闭上眼，这些忽显出诗的恬然淡漠

及其顺理成章

金华山

杨泽均

宝马配金鞍。当陈子昂走出你的视线时
一把开弓之剑，有着定安天下的潮涌

此剑生错了时辰，被阴霾的天气咬定
当陈子昂折戟而回时，像一位母亲
唤回了一把凋零的剑鞘

而那柄断剑，已化身为白鹤般的月色
在天上，与你相互照耀

雨中独坐山下拜谒陈拾遗墓

杨晓芸

"霸图怅已矣，驱马复归来。"

——陈子昂

薄薄雾气应景，也映境，丘陵凸凹寒韵，
通幽之径秘密。山畦卷心菜，含霜而绿，
卷得紧紧，似拳，攥紧尚有余温的言辞。
守墓人踉跄疾走，像一页临近崩溃的信。

独坐山下，观墓颜漫漶，似乎读你的人
已老。碑前，落红冷焰，风声窸窣游吟
《登幽州台歌》，此声确切。正如确切
的葬地已成谜，你驱马徘徊，在你周围。

抓水晶的人——致陈子昂

杨碧薇

也只有在蜉蝣的纱翼

折射出金钻的须臾，我才会想起你。

是你，让那枚近乎透明的白水晶，

从文字的昙花狂欢节里显形。

苦瓜白水晶，鸽影白水晶，

你抓住了它，像抓住流星横扫银河的尾速。

这速度于我们的生命，是一个微毒公倍数，

放大了另一头的家园，搅起这边

欲罢不能的无限愁。

可你又松开了手，那么自然，那么轻，

仿佛从不曾拥有

废墟般美丽的白水晶——

它才是自己的主人；它目送你越过镜面和冰棱，

身披燃烧的霜叶踽踽远行。

对于它，你早就懂得：

泪流第二次便为多余，

流一次方乃绝唱。

而余生风景，不过是与异乡坦然相处，

在寂静中完成对短暂的责任。

悲哉行——为陈子昂而作

苏野

1

一切有形之物，无形之神
演奏你，把你敲打成
宇宙的回声，时间的影子。

2

你是山与水的旋转门
以大道为轴
向内，通向人
向外，推开宇宙。

3

宇宙意识的挪移者

风骨论转录师

雅正和兴寄法统的

隔代传人，滚动轴承和徽章

在美的转向轮上

你，为汉语紧过发条。

4

行路难：观世，探元

知化，洗心，林卧，采芝

"行通神明，困于庸竖"。

困于幻象，幽灵们

悲哀的遗产，和肉体药引。

在你身上

上天练习逆袭。

你，在及物中步虚

在语言中站队。如同玉壶

你的怨憎和忧惧

是完美的。

金华山，或陈子昂读书台

谷禾

其实，它该与秋色有关

与兵戈、家国、庙堂上的慷慨大义

遍地死骨有关，与白发苍茫

拔剑，四顾而涕下，又怆然压回剑鞘有关

——这一座孤山，更适于躬耕

对弈，李下瓜田，

更适于把酒桑麻，或夜阑听雨

把菊花种遍

更适于弹琴复长啸，携眷春风江南

而我乃乘风而来

拾级而上，看远山以远

不见锦官，亦不见长安

唯青苔斑驳，一树槐花正好

芳香淹了人间苦难

请设想：有西窗烛明

莲叶田田

有江风浩荡，渔舟唱晚

要那马蹄踏雪作甚？更何况幽州台上

不见古人，亦不见来者

而今读书台下

麻将声声

谁闻诗来？谁问诗来——

拜谒陈子昂读书台

汪剑钊

我，从幽州台的基座下走来，

踩着你踩过的土地，

穿着你不曾穿过的一双骆驼牌男鞋

伯玉的真颜自是无法得见，

但琅琅的吟诵仍在撞击一个又一个回音……

你是古老已久的古人，

我只是一个迟到千年的新来者，

既不太可能欣喜相逢，更遑论相谈甚欢，

唯有对着塑像和亭阁祭拜，

谦卑地读一首诗，与你的悲凉押韵。

月亮曾经与你同行，

为你和你的酒友指引未知的前程，

如今，它又在戚戚地照耀我，

濯洗黑铁似的一颗心脏，

仿佛涪江清冽的源头就藏匿在朦胧的天空。

子夜习惯性地伸出千万根手指，
抚摩大地，包括读书台与灵虚阁互换之后
的交界，
那是眼泪坠落的隐秘所在，
如今，丛生的绿植早已覆盖来路。
不见行人，唯有无边的草木摇曳生姿。

感遇，一声悠悠的叹息裂石穿云，
远比愤然摔琴的声音更为响亮，也更为持久，
哦是的，陪伴你的山水还是旧容颜，
世道与人心却已改变。

在陈子昂读书台

阿信

从涪江江面吹过来的风，我感受到了
它吹走了我身体中一块岩石上的积雪

从山坳油菜花地折返的粉蝶，落在肩头小憩
这小小的信任，让我浑身一震，呆立原地，不敢挪动一步

感受着这吹息。感受着
从肩头传来的神秘电流，又一次
听见岁月深处灼热而深沉的叹息

陈子昂

阿野

他在李子树下虚度

从蜗牛的空壳望到悬崖

丰收或年成不佳，他只是游戏

家族给了他腐朽的一段年华

直到命中的人出现，拨开乌云

才从黝暗的井中发现自己的星宿

四射的光芒，令人晕眩

其中有熟悉的脸，向尘世俯瞰

那一日他独自登临异乡的高台

天上地下只有影子徘徊相随

彻骨的痛如冰刀刺血

一切看起来完整，但就要粉碎

无端的热泪从胸中飞溅

他吐出一口长叹，便已然逝去

再也不会回来，任你我痛饮狂歌

分分秒秒，只能在他击碎的镜中销魂

在永失中 (外二首)

陈先发

我沿锃亮的直线由皖入川

一路上闭着眼，听粗大雨点

砸着窗玻璃的重力，和时光

在钢铁中缓缓扩散的涟漪

此时此器无以言传

仿佛仍在我超稳定结构的书房里

听着夜间鸟鸣从四壁

一丝丝渗透进来

这一声和那一声

之间，恍惚隔着无数个世纪

想想李白当年，由川入皖穿透的

是峭壁猿鸣和江面的漩涡

而此刻，状如枪膛的高铁在

隧洞里随我扑入一个接

一个明灭多变的时空

时速六百里足以让蝴蝶的孤独

退回一只茧的孤独

这一路我丢失墙壁无限

我丢失的鸟鸣从皖南幻影般小山隼

到蜀道艰深的白头翁

这些年我最痛苦的一次丧失是

在五道口一条陋巷里

我看见那个我从椅子上站起来了

慢慢走过来了

两个人脸挨脸坐着

在两个容器里。窗玻璃这边的我

打着盹。那边的我在明暗

不定风驰电掣的丢失中

在白鹭中

死神怎样恫吓一个

活着的人呢——

让他以一株山茱萸睡去却以

一棵山毛榉醒来?

太强的形式感困扰着我

连一只苍蝇的结构都那么

美妙复杂

连薄薄蛋壳中都埋伏着

一个黄色的宇宙和一个

白色的宇宙

我们该怎么办?

诗歌无计可施

诗人令人沮丧

我们连一句梦中流水的

哗哗声都不能描绘

也从未抵达雾中长堤的若隐

若现

这一宿的冷汗又白费了

我从一公斤醒来时

只剩下茫然的二两

这些毫发无损在河边晨跑的人

你们昨夜梦见了什么

这一大群毫无重量浮在半空但

转瞬消失的

白鹭，你们带走了什么

在陈子昂中

我喜欢冰冷的游戏，小时候

母亲告诫我勿施冷饭于乞丐

而我爱吃冷饭

我的密室中

白炽灯里燃烧着的

只是一根荒草

在这个精致如泡沫之巅的

世纪

我仅有的一点蛮荒藏得很深

也应该藏得深

我吞下的耻辱可以建一座塔

我偏爱从垃圾中凶狠抽芽的

荒草

这么厚的垃圾来之不易

它需要多少代人彻头彻尾的

失败才能形成——

"古人"或"来者"

都不过是惊慌的土壤

我又能从这个分水岭般的初唐短命天才

体内掏出些什么？

不在于这个神奇的死者

如何变幻他自身

而在于什么样的困境正沦陷我

我空荡荡的

我从头到脚空荡荡的

在任何一声鹤鸣里我都能滑入

从未被完成的陈子昂中

黄金台

林仕荣

飘逸的衣襟中带有异地的沙尘
苍凉的边塞乡音何处？
夜长梦浅，是谁在刀口说出心里的秘密
风轻吹，灯帐明灭
我一生的豪情在墨中被水冲淡
风餐露宿的年月只能化成一世的伤
千金已散去，我不在当年
看不见古人如何登上这楼台
看不见以后有谁会像我一样来到这里
落日的余晖壮烈得像我这心中的血
只是这一生的热情无法通天而去
想这曾经聚满天下贤才的楼台
而今竟只剩下我的泪水打湿自己的身影
千金已散去，我不在当年

途中，想起附近的一位诗人

范倍

"前方 200 米进入子昂隧道……"
朋友们在不远处，在江边。
偶然的阳光下，咖啡扰乱味蕾。
懒洋洋谈论劳动、金钱或秩序——
你静听，沉思，陷入倦怠。
终于睡着了，江水潺潺，如同你
在人流汹涌的街头说说笑笑。
"……全长 800 米……"
我曾在读书台的某个角落，
凝视墙壁上的斑斓，你的眼神
有些迷离，从这边到那边的角落
一行黑魆魆的蚂蚁拖动一只
白皙小肉虫，日行千米，都是诗?!
一些花，一些树，一些新风迎来旧雨。
"……请开大灯。"他们早早守候在路旁。
天空蔚蓝。酒壶摇曳。领带鲜艳。
穿越幽暗隧道，白色的自由光：
岁华尽摇落，芳意竟何成。

多年以前，一群顽劣少年，低声诵读

偶尔挨板子，捉迷藏，痛哭流涕。

车轮滚滚……或是来者，已长大成人。

射洪两江画廊

松下问

截一段江天，便是一幅惊艳的画廊
四岸被群山照看，深邃的明镜里
鸥鹭翻飞，花蕊与孤鹤的鸣叫声
滑过上空

时值秋日，云朵空灵
翠柳挽起无边的湿地，梓水涪水
环抱着独坐山
唐诗里的牡丹、百合开得正好
被我裁下的芬芳，惊起鸥鹭一滩

醉在射洪

罗明金

把我的青春绽放在此
你便给了我
梓江、涪江的莹澈
红薯与稻香的温暖
以及射洪春酒的故事

把我的骨头安放在此
你便给了我
金湖、螺湖的蔚蓝
读书台幽州台的风骨
和独坐山下先生的雅韵

此刻，晚霞尚未阑珊
一路路霓虹纷纷摇曳
点亮十里长街的浓荫
点亮浓荫中如潮的鸟声
还有湖畔广场舞的交响

此刻，我的灵魂夜空扫描

那一条条金带啊环山绕水

横江的六桥正哼着小曲

载一路光明，接乡村回家

秘密的消逝（或致陈子昂的岁华）

胡应鹏

龙宝山容忍了丘陵

对自己不公的境遇

泥土明白，要有长久的耐心

才能读懂千年的聆听

聋哑人怪异的手势

梳理着涪水的碧绿

他准确预测

陷害与浩劫已沦落为

两只失败的雕虫

松柏颓废的掌纹掩盖不了

一条伟大的小径

"岁华尽摇落"，后来者

重新拾起他秘密的消逝

死亡仅仅是迫害者

阴暗内心一朵遗臭的乌云

读书台仍坚持着崇高地翻阅

每一滴雨水都在

攀登崎岖的恩典

因为歌吟过于高贵

他不得不忍受，毒舌的诋毁

与汉语惶恐的误解

保持必要的美学距离

想象陈子昂

—— 为一次未成的射洪之行而作

茱萸

我想象自己能有这样一次旅行：
从上海或苏州，搭乘航班或高铁
到成都，再登上赴射洪的汽车。
相比细雨中骑驴，如今入川倒是
便捷了许多。但真正的造访
从未实现（一如真正的理解常常
沦落为谬托知己），障碍并非山川
阻隔，问题在于如何涉渡时间之河。
生死不过是其中涌现的浪花，
而河流的奔腾从未止歇。

不用到场都能想见，你真实生活
于此的真正痕迹早已所剩无多。
读书台，埋骨地；悲风屡起于
空山独坐。宝应元年的射洪美酒
冬酿春成，五十一岁的杜子美
曾在此极目伤神、长歌激烈。

正在此年岁末，他的俊友李太白
刚刚成为新鬼；他的前辈陈伯玉
已经故去多年；他的追随者们
尚未出生……他的耳边兴许依然
回荡着《登幽州台歌》的音调。

我的到访能为这个场景增添任何
有意味的瞬间吗？大概是再次
唐突古人？欧风美雨和声电光影，
数码复制与赛博废墟——之于你
我们是枯树上长出的、被它们
所滋养起来的新枝，随时用来
制成斧柄，装上磨得锃亮的刃口
将你的墓园和故乡周遭的树林
砍伐得干净、整齐，便于迎接
地产商的楼盘，旅游区的开发，
小布尔乔亚的搔首弄姿以及
网红的打卡。这些跟你的事业

毫不相关。你的事业曾经是
任侠使气，是折节读书，是高谈
王霸大略的慷慨陈词，是征伐
燕蓟时的投笔从戎。你的事业

还是泫然流涕，是乐善好施，是
闷闷不乐的居官，是归隐故园
采药养生的安度。你的事业甚至
包括续写《史记》，与君子为友，
与小人搏斗，可惜它们均中断于
命运奇特的安排。犹如千余年后
静穆的守墓人默然无声地殁去。

我想象着当年，有雨的暗夜，
有人窥探到了潮湿的县狱中
回荡着你在四十二岁上的喟叹。
你遭摧毁的肉身有明亮的蜕壳，
它被草率或郑重地掩埋。它变得
无关紧要。你从此得以寄身于
修竹或孤桐，成为箫笛、琴瑟，
演奏，种下声音的龙种。你
从来没有觉得自己能如此轻盈，
随着风就能飘荡到任何一处耳膜。

在陈子昂读书台

秦立彦

我带了一本《陈子昂集》，

登上那座吹着江风的高台。

它像空间里的一块巨碑。

江风当年也这样吹着他的衣襟，

他手中的书页。

那时他还一无所知，

他的脸上还没有风尘，

他还不知道战场、大漠，

不知道在遥远幽州的另一座高台上，

他将看见的茫茫天地，

流下的泪水。

他还不知道自己将要写的诗，

不知道自己的一生是短促的。

他也不会知道我在这里打开《陈子昂集》。

江水日夜流逝，

世界已经改变。

我手中握着唐朝的一角，

那不能被时间消磨的最坚硬之物。

台下的江渚上，

已经开过一千三百次的黄花，

正寂寂开放于又一个春天。

登金华山

秦惟

拾级而上时，谁说：

"知道吗？四川

也有座金华山。"

时值九月，江南的山野

疏朗、润泽，

还没有开始寒冷。

你避开窸窣响动的枝叶，

仿佛无人提及熟悉的故地。

巴国山川尽，曾登过的读书台

也消失在一瞬的苦楚里。

在高谈阔论

与轻慢的笑声中，

你走得有些急。

林影交掩，山道崎岖

谁还记得金华山上

曾被谈论的慷慨大义？

赶三百公里的路，

从一间狭窄的公寓
驱车而来。如今，
你一人站在这山的顶端，
看见葱茏的吐息中，
有白鸟轻掠而过。
天地悠悠，那翅膀
在阳光下近乎透明。

在陈子昂墓前

耿占春

是的，或许从年轻时你就在掂量
书房的安静距囚禁之地究竟有多远

从年轻时就评估你书写的文字
和那些坦率的谏言是否早就

足以成为一场诉讼的证据
如果不是时代的宽宏大量

前不见先贤，且将自我之狱
筑进梦里，来者皆有不善

你未在朝廷服刑一般度日
却在射洪的牢狱了断一生

念天地之悠悠，容不下一种赤诚
阿谀取代了谏言，独怆然而涕下

金华山
——写于陈子昂群雕墙

高余

你被金华放置后山

一堵高墙前屹立着，举笔挥毫

俯视，小叶女贞将绿裳忘记

红花檵木直接交出心来

石碑上的文字三缄其口

交给紫薇话语权。如果战马跑成

肥胖，或者比诗歌和一场胜利瘦小

也不是问题，只是暗自好笑，武三思

才没有那么好的心态

粗犷的沙场被现实包围，以千年戊盛的

香樟，借喻古榕的体魄，给仙鹤高蹈

搭建天台，而我的血脉，已化为

一株蓝草，给回音安上琴弦

登金华山

涛涛自在

对于一个人的人生

它是逗号

起笔藏锋，从江湖转身

直入诗书瀚海

对于射洪

它是青衫上的一枚纽扣

解开是陈子昂生死相许的初唐

一道光照彻千年

远行的人从白玉中归来

龙飞凤舞的题词是停泊的云朵

道旁古柏挺且直，冠很高

树下没有杂草，百花如人间灯火

沿着台阶拾级而上

来者

夏小后

上山，已近黄昏。
金华山的算命先生企图套走来者的
前世今生。颠倒太阳升
落的方向。

文字剥去尘灰，贴着我的消瘦，
一枚一枚在心中落下。渗出
未知与诗意，取悦今天。
一吨重的光，托起千金的沉默。

没有一份怀念是无端的。

扬尘落地，给下山的人让路，
慢慢缝合被掠走的一行空气。我唯有躬身
——安抚信仰，
摁倒昨天的锋利。

乙未年十一月三十日与众诗友
赴射洪拜谒陈子昂墓得诗十二章

陶春

1

眷然顾幽褐，白云空涕洟

稀疏的雨点，也通了人意
轻打在甬道两旁
墨绿瞳孔注视的松柏
与苔藓覆盖
颓圮了拱身的礼宾桥上，自然
也淋湿了你，高蹈笔下
青烟升笼
的微霜　玄蝉　幽蠹与亭候……

2

长久躺于此地。有时，顺势

从捻过伯玉诗页

未来某个罕有阅读者指间

翻一个身，禁不住

抬手也给自己一个耳光

为"幽观大运，四百年贤圣遇合"

而心驰魏阙的幻觉

及那一语成谶的绝唱：自己沦为自己

空前绝后的古人，已一千三百余年

正因此，也从未有一个来者真正来过此地？

3

料峭寒风，飕飕滑过

空旷四野耳廓的山岭

唯有没膝疯长的荒草

应答着地底——波浪般

纵横、钩距楚、燕的根须

恰似你文韬武略

剑拔蜀山

雄辩社稷的言辞

一路披荆斩棘

直取洛阳耀目麟台正字的华殿

从此，于"上壮其言
而未深知"的倾盆大雨中
一次次，你，持炬逆行
直至为天地立心，为生民立命
血溅青石的巨冤
被另一场更加野蛮的大火彻底覆灭

5

譬犹其学博，其才高
其韵节冲和，其辞旨幽远

譬犹你摔琴为号
重铸风雅之端详
寄兴顿挫之情音

譬犹其正字古诗亢爽
一任血气之勇，如载手语

譬犹穿过灌木，陨落于地的浆果

早已在直追汉魏

6

你，运指掐算、占卜之后

大凶二字

如破絮显像　垂挂于殷红天际

无可更改的谶言

由泪及血，连皮带肉

赴汤镬而有悔无？至诛夷而有悔无？

7

易折的峣峣者

——罪，莫须有？

8

那就先来杯鸩毒，或上一段绞缢之索的游戏

让灵魂出窍的唱腔
半搭在
既不能上天、也不能入地
曌字一手遮挡乾坤朗朗的横梁

9

跃跃欲试，夹身的竹书
反向交错窒息的力
辗压过胸腔每一根肋骨

跟随饰有饕餮之纹
挥舞狼毫的廷杖骤然落下

席卷过瞳孔
放大裂肺呼告的潮汐
不是第一次，也绝非最后一次
选中你，除了让直立
的脊骨碎绽，开放出惊悚视觉的白花

还要胆寒后世，齿栏内
所有企图旁逸斜出刺谏之镜的心猿意马

10

仿佛一场酷烈炼狱的旅行
终于穿出眼底

脱去了肉身累赘的皮囊
灵魂,变得无比轻盈

泅游过粼粼梓水
憩歇在对岸阔美山脚
已是子夜时分——

昏暗油灯下
噩梦制造者:段简
正在誊写向上邀功讨赏的密奏

前段时间挂念
才种下的杜若、芝草与仙人杖

奇怪,万籁
俱寂的此刻
这一切,似乎已与我没有了任何关系

11

当天空之上的算盘，哗哗摇响

从第三圈
文明之火的焰端
你再次复活于你不朽诗行

多少宝鼎、瑶台与帝国
在你光英朗练
飘拂泠泠金石之声
的髭须与衣袂下轰然倒塌

哪有什么碣石馆？
哪有什么黄金台？
田光、郭隗、燕太子
——随我来
人世艰险无可留，不如
遗身从云螭
空与麋鹿群，闲卧鹤舞白云间
静心服食、炼丹
辟谷、闭牖或忘机……

12

野树苍烟断，津楼晚气孤

——呜咽的林泉

默然撞击冷翠的山岩

稀疏的雨点，也通了人意

轻打在甬道两旁

墨绿瞳孔注视的松柏

与青苔覆盖

颓圮了拱身的礼宾桥上，自然

也淋湿了你，高蹈笔下

青烟升笼

的微霜　玄蝉　幽蠹与亭候……

在蛀空时间

册页版图铺开的残山剩水

一鸟如墨，耸翅

点染进此刻

再也无法返还的暮色

独坐山摇晃了一下

又在梓水边

倒影的深渊归复了它亘古如新的死寂

陈子昂读书台

龚学敏

蜀地的口音把唐风逼到幽州，一只雁
噙着天空的幕布，给怆然取暖。

蝉鸣的刀，被夕阳妥协在秦岭的酒色中
男人们用疼痛，平衡水稻和小麦
川腔攀岩而上
像群山绵绵不绝的狗，在空中
无处下口
写诗的人，开始怀抱时间痛哭。

高速公路的耳朵听见涕下还在涕
直到，在酒中倾城
在纸上，哭痛铅笔的丛林中长出的国。

嵌在书中的钟，抠出来，读出一声
朝代就茁壮一里
十声过后，山河丰沛
唐诗即为鼎盛，为悠悠，为不见。

汽车和我，都是唐诗的路读过的字

被拾遗种在陈年的读书台

钟敲过的风中

前也不得

后又不敢。

在遂宁，与子昂书

程东斌

1

金华山上，群鸟啁啾。喉咙里微颤的簧片

逸出的古音，一半来自入鞘的宝剑，一半

来自一把琴碎裂的声响。宝剑，将光亮

留在金华山，与夜空的明月混为一谈，照亮了

弃武从文者的卷轴。词语中的国家，诗意中的遂宁

被子昂轻轻翻动。行距中铺满嶙峋的碎石

硌疼了登堂入室者的脚心。负重之人

抱着遂宁，抱着国家，脚步趔趄

2

一把琴，碎裂后，才返回琴的完整中。放逐的旋律

裹挟遂宁的明月奔跑。月光洒满大唐

庙堂飞檐上的旋转之音，拎出一个人的仕途

也将他怀揣的安边之计，装订成册

从凉州到甘州，子昂摊开苍茫的大地，将拟定的奏折

盖上居延海洗濯过的月亮，作戳

月亮太冷，结霜的谏言，无法焐热批阅之人的指纹

西北边陲，仰天长叹的子昂，目睹残暴的天狗

啃食大唐的月亮。月光下的白骨逸出磷火

像纷飞的蝴蝶。小小的风暴，一粒粒痉挛的疼

3

蝴蝶飞进子昂的诗，字里行间就融入白骨的硬和凉

翅膀上的版图过于血腥和慌乱

分不清是谁的家园，谁的乡愁旧址？一首首边塞诗

镂空所有的词语，也无法装下四起的烽烟

一幅幅鲜血涂抹的画卷，还在穷兵黩武的御笔下

延展。一首诗，一道伤口。一首诗，一个噩梦

以诗疗伤，一道道火痕，疏浚不了大唐瘀滞的脉管

却开辟了盛唐边塞诗的先河

以诗吟唱，雄浑之音，唤不醒沉睡于胭粉中的社稷

却震裂了一枚枚诗意的蚕，飞出盛唐诗国的漫天彩蝶

4

征契丹，出蓟门。燕国丢失的乡愁与荒废的城池

弥散出的气息，撞击子昂本已破碎的胸腔

悲愤之极，登上蓟丘，写下响彻千古的七首诗作

大贤、君王，在诗歌中走动、安坐

跨越时空的藩篱，围拢成人间的星河。七首诗

七颗星。子昂的旷世之笔，铸就大唐诗歌星空的北斗

一匙琼浆玉液，喂养了诗国，激发了唐诗的浪潮

幽州台上，一枚巨大的问号，问不出

远古圣君求贤的只言片语

一把烽火淬炼的铁钩，也拖曳不出身后的明主

天地苍茫，泪流满面的子昂

掏出怀里的律令，依然阻断不了体内决堤的河流

5

遂宁的霓虹被清风酿成一壶琼浆，微醉了游子

我与子昂一起漫步，来到宋瓷博物馆

我们对封釉的时光和瓷器达成共识

——粗糙的时间，漏洞百出，需要一层层釉

堵住悠悠众口

而瓷器患有与生俱来的渴疾。釉，是一种良药

有关子昂的边塞诗，我和他，只字未提

登陈子昂读书台眺望涪江有感

谢宜兴

不息奔流的涪江之于金华山
就像流逝的时间和消失的大唐之于陈子昂

握剑的手捧起书卷时，陈子昂意识不到
自己增加了金华山的高度，而翻过的书山
反过来也改写和垫高了他的人生

怀才不遇时剑走偏锋，千金摔琴名动京华
人们远没想到，摔琴的陈子昂却也是
被武周朝摔碎的一把大唐名琴

圣历年的射洪县令不知道
自己制造了初唐文学天空中的一次日全食
可在被冤狱囚禁的陈子昂眼里

人在天地间，不过是置身于更广袤的囚室
曾为那份旷世的孤独，而怆然涕下

当螺湖进入冬天

谢蓉

芦花飞白，内心喧哗
寂寂枯荷将自己摇曳成明月
蒹葭里依然长着郁郁葱葱的爱情
美的事物，也并未在冬天渐行渐远

湖水太凉，请炽我
以漫天飞舞的银杏的火焰，以你
独翔碧空登峰造极的辉煌
登云楼只是虚名而已，它以塔的身姿
跌落在螺湖这场盛大而平静的谦卑里
因风起皱，我投向湖面的目光
比霜重且比云轻

莫非只有凝视过
深渊的心，才懂得青山为谁白头？
想必闸门在冬天是不会打开的
螺湖之水，将在冬天藏起它的陡峭
失去高度，失去落差，静水流深
也将是一趟虚妄的旅行

在读书台再读《登幽州台歌》

蓝紫

线装书中的古人已化作轻尘

云端上的来者，还窥不见踪影

如果我们将一首诗中的失意与孤独

理解为一江逝水，朝向天际的苍茫

唇齿间呼出的叹息

化作金华山上的风霜，已流传千年

山脚下的古榕从不知魏晋与唐宋

春去秋来只是被时间篡改的风景

岁月的狼烟，凝聚成叶片上褐色的斑点

但透彻心扉的诗句，从不会被风尘淹没

从蓟北楼到独龙山，你随身携带的

只有内心的苍凉

此后，多少朝代更替，多少后来者

望见的只是你的背影

看你面朝北方，看你挥一挥手

亭台上空的雪花便随风飘落

离开典藏的古籍，历史只是一朵浪花

一个倒影或梦境。因为我们的到来

你的孤独在笑声中又深了一层

你看，草木如何枯荣，我们也必将如何凋零

命运沉浮，无法预测的只是人心

这一片山水，已不再是你念过的悠悠天地

而洒在我们身上的阳光

与千年之前并没有不同

谒陈子昂墓

敬丹樱

青苔爬上石阶，穿越小石桥，漫过石栏石桌石椅

最终抵达衣冠冢

守墓的聋哑老人，虬枝般的手指

剑一样挥向苍天

声嘶力竭的呐喊字字带血，仿佛刚从命里剥离的好诗

冷风灌进脖子，纸钱四散纷飞

山脚，红梅零落成泥；山顶，庙宇金碧辉煌

陈子昂墓前

黍不语

是什么将我带到了这里。

青苔刻石。枯叶染地。梓水

送来比生命还要长的流逝。

我为什么会来到这里。

当一个人执意走进灵魂的窄门，

在地球上独坐。

当灵魂又聋又哑，衣不蔽体。

我深深的爱在手指垂落。

有一天我也会听不见，

有一天我也会，什么也说不出。

而语言的骨头，泪水的骨头，

不会停止。

那让你涕下的，如今，也深含在我们眼中。

它比我清澈，固执，像露水存于原野。

我将永远寻找你，

直到眼泪再次滚落，

又一次

为我们塑造血肉之躯。

陈子昂读书台

蔡天新

从江油到合川
涪江流经此地
一座山丘名金华
在南岸巍然兀立

你在山巅沉思冥想
绿树为你带来阴凉
落叶做你的书签
涛声陪伴你入眠

诗的韵律随风而起
也酿造了酒香
一代文宗的美名
传递了一千三百个春天

你被残害的第二年
李太白出世了
他的童年在你的上游
伺机与你携手出川

悠悠简史——仿陈子昂

臧棣

身边，紫色结晶陪伴我们
像有一个积淀在等待
适合它自己的形状。算不算对象，
最好能参照：心，必须灵巧于
巍峨如一次默许。穿过彩虹
抬起的栏杆，风，将最小的命运吹向
不断弯曲的草叶；而视线的尽头，
荒野如同丢失了说明书的
一只巨大的筛子，筛未来竟然
筛到古人并未全都死于
时间的流逝。寂静多么同党，
颠覆孤独，就好像最高的同类
依然活在歌唱的废墟深处。
痛哭必须可以入药，并意味着
最终的治愈只能来自
白云的影子如此公正地
将我们不断过滤在大地的陡峭中。

当螺湖进入冬天

郭小莉

寒风起。芦苇的摇曳中，时光被
湖面的波纹，一圈一圈地扩散

金盏菊和三角梅的倒影，被风调制成
五彩的颜料，冬天刚刚放慢脚步
就被荡漾的微波绘制成湖光山色

一个人正要把自己放进这幅画里，但刚刚
探出头去，他的想法，就被
一个浪头完全打乱了，在螺湖的冬天
人站在岸上，根本无法和万物构成一种画面

两江画廊

廖海霞

船把两岸的人渡来渡去
从竹排，乌蓬船到轰隆隆汽笛声
祖辈在这清洗着脏衣服
淤积千年的泥沙把难言之隐死摁江底
却始终道不明白水的源头

有一天，神打完了盹
看见了冤屈、悲愤及怀才不遇
遂挥动天笔
伯玉轩，文宗苑扎进云朵
陈子昂挺直身板，拔剑起蒿莱

而两江交汇处，人们漫步在小路
群山裹着绿色头巾慢慢移动
水面是另一片澄澈的天空

第三辑

古韵悠长

丙申春日《诗刊》社遂宁行（组诗）

王海亮

丙申春日《诗刊》社遂宁行

独越长空问蜀天，满川风物隔云烟。

幽州一叹千秋泪，犹向心头开杜鹃。

陈子昂读书台远眺

踏遍烟尘识此雄，高台一上尽春风。

悠悠天地来还去，独有涪江绕射洪。

遂宁灵泉寺

一瓣莲花托遂宁，珠光映照蜀山青，

灵泉得化天河水，流出仙家玉净瓶。

遂宁采风别诸师友

锦帆明日又天涯，碧水连绵绕蜀巴。

一带江山容秀色，满城风絮映朝霞。

高台犹望幽州叹，烟火已遮处士家。

撷取冰心清夜月，千年亦可化莲花。

丙申春日登陈子昂读书台（组诗）

江岚

丙甲春日登陈子昂读书台

诗客几曾遇？空吟《感遇》篇。

况逢鼎革际，守道一何难！

树大山风烈，台高江水寒。

斯人犹把卷，惆怅读书年。

过陈子昂读书台观臭石，传为段简所变

化石尚遗臭，为人竟若何？

至今悲伯玉，不得老烟波。

过遂宁湿地公园

涪江春日暖，湿地板桥斜。

幸会八方客，贪看两岸花。

圣湖莲作岛，雅舍树为笆。

安得谈天口？逢人到处夸。

辛卯夏夜过射洪县有怀陈子昂

（一）

袖手懒开窗，夜色浓如墨。

但觉车行疾，城市复村落。

昏昏入睡乡，四顾何冥漠。

咣当一声响，梦破难重作。

小站人上下，孤灯微且弱。

原是射洪县，骤然动心魄。

久慕陈拾遗，千载伤契阔。

何意此邂逅，无月令失落。

尝读《感遇》篇，孤怀悲寂寞。

想登幽州台，秋风振寥廓。

武氏谋李唐，王孙尽被祸。

当道用酷吏，杀人以为乐。

全生良不易，全节何太难。

羡君抽身早，犹得返丘山。

哀君终不免，魂消囹圄间。
逸气凭谁识？雄笔徒自怜。
性躁应多悔，虑深忽幡然。
毕竟真国士，不得比潘安。
读书台在否？犹拟一登攀。

（二）

千秋朝圣路，五夜尚孤征。
明灭长河水，微茫小市灯。
江油远于梦，天府寂无声。
因过射洪县，怀人喜暂停。

游遂宁谒陈子昂先生故里

杨小英

羁旅郁难平，慨然骨气清。

未妨扶杖访，只合以诗鸣。

功许黄金铸，宅怜翠草横。

异时闻感遇，风似读书声。

访陈子昂读书台

张孝华

山花引路到书台，天地悠悠万古才。
闲坐子昂雕像下，唐诗开胃就沱牌。

浣溪沙·遂宁红莲湖（组诗）

林峰

浣溪沙·遂宁红莲湖

四月吟风满遂宁，白云飘渺绿波轻。花光萍影照人行。

一种天姿堪醉月，十分春色是清明。何须飞棹下巴陵。

西江月·陈子昂读书台

仿佛画中古壁，依稀梦里回澜。

洞天春色挂林端，袖里珠花沾满。

歌咏琼台月落，书挑客舍灯残。

夜吟犹恐句难安，最是光阴苦短。

丙申春与遂宁诸诗友同游圣莲岛（组诗）

星汉

丙申春与遂宁诸诗友同游圣莲岛

诗人多圣手，脚下写春光。
碧浪墨千砚，青天纸一张。
田田荷叶小，荡荡柳丝长。
堪笑黄鹂鸟，吟哦比我忙。

读书台拜陈子昂石像

书声依旧绕丛林，一揖回头春已深。
西蜀千秋长守护，北庭万里苦追寻。
青山夕照横前后，碧浪和风阅古今。
说与君知我来也，重开诗韵共高吟。

与参加陈子昂诗歌奖颁奖大会诸诗友同游广德寺

暂歇吟坛到佛坛，放飞思绪效童顽。

欢颜浮水青林下，佳句乘云碧落间。

日影已沉飞虎寨，钟声犹绕卧龙山。

谈禅欲住清幽地，只是诗心不许闲。

与遂宁诸诗友夜游涪江

值此深深夜，行舟入画屏。

惠风梳弱柳，流水荡繁星。

春染双眉绿，诗传众目青。

吟哦声歇后，万象已通灵。

夜访遂宁林泉寺

徐冰

石浸余苔迹，林疏几杵钟。
烟分花气淑，月灼露华浓。
山寺出云巘，禅房卧古松。
浮生小半日，尽得一心空。

过遂宁

常瑛玮

遂宁古蜀地，环山足平旷。

南北径千里，斗中极安畅。

涪江数萦纡，云落波泱漭。

远客江南来，胜概今屡访。

旧迹应可寻，千年一俯仰。

平隰鸟低飞，抱城江平荡。

长桥如卧虹，高楼夕阳上。

问禅访两寺，梵音驱万象。

心净千劫空，神清气高爽。

伯玉读书台，风声留遗响。

高树虚老屋，古人今安往。

蠹鱼犹槁死，碧苔侵标榜。

唯留木上诗，追思劳独想。

更有一笛声，飘荡云天广。

城西游观音湖（组诗）

梁婧

城西游观音湖

醉问春色行哪边，教我向西寻华年。

一丛竹露滴清响，半池荷风掩翠庵。

澹澹波光舞亭榭，泠泠涪水绕青山。

欲寻故人问故事，夕阳脉脉照人间。

访宝梵寺壁画

山映浮云水照颜，梵音千年未曾断。

可怜仙人遗颜色，长待人间几春叹。

游遂宁安居卧佛有所感

卿为岩上百年身，我在林中游红尘。

卧看台前香火淡，闲听人间风雨深。

夏夜推窗远望圣莲岛

小楼正对圣莲东，一眉新月照湖中。
可怜荷花颤颤开，半缘心事半缘风。

好事近·成都往遂宁道中

韩倚云

巴蜀觅词魂，瞥过知心修竹。
一路沁凉微雨，润风流名国。
同车低语试诗才，落满盘珠玉。
更伴悠悠天地，唱江南江北。